中公文庫

お早く御乗車ねがいます

阿川弘之

中央公論新社

お早く御乗車ねがいます　目次

お早く御乗車ねがいます

特急「かもめ」

　お目にかかったことはないが、内田百閒先生に私は敬愛の念を持っている。理由はいろいろあるけれども、その一つは百閒先生が、非常な汽車好きだからで、小説家の中で汽車のことに異常な関心を持っているのは、百閒老先生を除いては、おそらく自分一人だろうという、いわばそういう親愛感である。ひとの小説を読んでいて、汽車電車に関して間違ったこと――例えば東中野の駅のフォームをかすめて、上りの急行電車が走ったり、小田原十五時発の上りが、湘南電車であったりすると、私はひどく気になる。

　私は汽車の中ではほとんど読書をせず、景色を眺めているが、景色の中には、通過する駅やすれちがう列車も含むので、強いて云えば、旅の愛読書は、交通公社発行の時刻表である。

あれを眺めて、次にすれちがう列車や、その編成を調べたり、また、自分が降りるわけではないが、もし米原で下車すれば七分の待合せで北陸線六〇二列車があって、金沢に十九時五十四分に着くというようなことを知ったりするのは、なかなか楽しい。そういうふうに関心を持っているけれども、乗物としては、私は船の方が何倍か好きだ。百閒先生とちがって、私の常用する三等客車は、長旅にはどうにも苦しくて窮屈である。

ところでその船だが、これも戦後は日本の近海航路が無くなり、欧州航路、アメリカ航路の客船がほとんど全部沈んでしまって、はなはだ利用しにくくなった。私は知人の好意にすがって、三井船舶のニューヨーク定航船に乗せてもらうことにしている。去年は赤城山丸に乗って神戸まで行った。今年は有明丸に乗って門司まで行った。どちらも貨物船で、二名乃至《ないし》四名くらいの船客設備があるだけで、日本沿岸では旅客を扱わないのだが、特に頼んで乗せてもらうのである。特急が八時間、日本航空が一時間五十分で毎日結んでいる所を、足かけ三日がかりで行くのだから暢気《のんき》な話だが、急がなければ、こんな気持のいい旅はない。飛び魚が見える。鱶《ふか》が游《およ》いでいるのが見える。夜は夜光虫が見える。海賊船のようにカーバイトを焚《た》いた漁船の群に行きあうことがある。サロンでは自由にラジオが聞ける。散歩も自由にできる。寝ころんで、電気スタンドで雑誌が読める。それに、晴れた日の、なんという波しぶきの美しさ。

今年乗った有明丸も、初めは神戸までの約束であったが、どうにも下船するのがいやで、紀伊水道へ入ってから、船長室に挨拶に行き、

「これから瀬戸内海は、ずいぶんといいでしょうな。」などと云っていると、キャプテンが大概察して、

「何でしたらこのまま門司まで便乗なさいませんか。」ということになったのである。

船から見る淡路島、小豆島、屋島、四国沿岸の美しさはまた格別であった。

有明丸は三井船舶のマークをつけているが、馬場汽船という会社の持ち船を、三井がチャーターしているので、こういう小さな船会社は船員の休養施設を港に持っていないので、外航から帰って来ると、内地を走る間、黙認の形で船員の家族を便乗させるのが慣例になっているとのことで、大勢奥さん連中や子供たちが乗っていた。そのため、ちょっと客船のような賑やかさがあり、私たちは船医や機関長や二等運転士の奥さん連中と親しくなった。

そして門司で、横浜を出てから足かけ五日目に、この人たちに別れを告げて、逆に広島まで引き返すべく、上りの「筑紫」に乗ったのだが、列車は満員で、私はたちまち退屈し、苦しくなってきた。

同行の家内に、退屈まぎれに、

「今、この急行が時速何キロくらいで走っているかわかるか？」などと話していると、隣席から口を出す人がある。にこにこしながら、

「時速はT分《ぶん》の三千六百（S＝3600/T）です。」などという。聞くと、その人が、広島管理局の、速力関係専門の技師であったのには、驚いた。少し汗が出たが幸い、私の云ったことはほぼあたっていて、恥はかかなかった。

それが二月の二十一日のことで、それからしばらく広島に滞在しているうちに、三月十五日から待望の山陽特急「かもめ」が運転されることになり、国鉄では祝賀に一般からこの特急の試乗者を募集するということが新聞に出た。早速葉書で申し込んだが、落選。しかし、私の兄が広島の管理局長の友人で、その関係で、特別に試乗者の仲間に加えてもらって、「上りにしますか、下りにしますか？」というので、私は迷ったが、どうせ用の無い旅だが、大阪へ出た方が友人にも逢えるので、そのように頼

み、広島京都間三日間のパスをもらって、おまけに二合瓶つきの弁当、食堂車での茶菓券と、園遊会か遠足のようなもてなしで、これも物好きな見送人大勢に送られて、十五日の午後、広島駅へ出た。

山陽線に特急が走るのは、戦争で「ふじ」「さくら」が姿を消してから十年目である。「かもめ」は戦前は、列車番号はちがうが、今の「はと」にあたる東海道線の特急であったが、神戸、明石、尾道、糸崎、宮島、下関、門司とほんとうに鷗《かもめ》の姿を見ながら走る瀬戸内海の特急の名称としては、まずは似つかわしい、いい名前だと思った。スピードは平均六十九キロ、最高制限速度九十キロで、「つばめ」「はと」より少し低いが、博多大阪間十時間、広島大阪間五時間七分というのは、「ふじ」も「さくら」も出さなかった、今までの最も早い到達時分である。

五分の停車で、ピカピカに磨かれたC59がつけかえられ、後尾に補機（あと押しの機関車）のD52がつけられ、万国旗に飾られた広島駅のフォームを、定時十四時五十三分に発車すると、みるみる速度の増して行くのが、普通急行の「安芸《あき》」あたりとは、はっきりとちがって感ぜられた。

知らない人のために、なぜ広島から、特急の後尾にD52を一台つけるかということを説明しておくと、瀬野と八本松の間の上り勾配のために、山陽本線を経由する上り列車は、どんな列車でも全部、瀬野駅で一旦停車して、うしろに後押しの機関車をつけるのであるが、今度の「かもめ」だけは、その停車に要する時間を節減するために、わざわざ広島から補機をつけて出発するわけである。

前にも書いたように、私は汽車の中ではほとんど本を読まないのだが、とりわけこの日は本どころではなく、管理局でもらった新しい列車運行図表（本当のダイヤ）を手に握って、大いに興奮していた。子供で、手を左右に張って、「ブーンブーン」と云いながら、身体を斜めにしたりして、自分が飛行機になったつもりで、自己陶酔に陥って走り廻っているのがいるが、多少あれに似ていて、大人気ないような気もするが、大して他人に迷惑のかかることではないし、まあいいだろうというわけである。

「かもめ」の編成《へんせい》はC59のあとに、荷物車と三等の混合車一輛、三等車二輛、特別二等車二輛、それから食堂車、その後にまた特別二等車二輛、最後尾がまた一輛三等車である。私はパスのお客だから、この日は新造の美しい特別二等車の椅子におさまっているのだが、アマチュアとしてこの編成に文句をつければ、二等車の新しいのに対して三等車がいわゆる特別三等ながら、煙草の焼け傷などの目立つ、大分使い古された車であることと、牽引する機関車がC59であることとであった。それから、どうせあんまり縁がないから、一等展望車がついていないことは構わないとして、三等客車が中古品であることは「かもめ」の首途にあまり気分のいいことではなかった。それから、乗る前に広島鉄道管理局の機関雑誌で、この列車の試運転についての座談会を読んでいたら、一人の機関助士が、「特急用の機関車にはストーカ（自働給炭機）をつけて欲しい。」と発言しているのを見て、苦しい勤務がわかるような気持が私はしたが、これも浜松名古屋間の電化が完成すると、C62が山陽線に廻って来てC59と交替するはずだそうである。しかし、山陽線は東海道線に比して、何かにつけて田舎扱いの感がなきにしもあらずのようである。

八本松の峠を登り切る少し前から、私は後尾の運転車掌室へ行って、補機切離しの見学である。あと押しのD52の最前部——つまりガラス扉越しに、運転車掌室のすぐうしろに、青い作業衣を着た機関士が、鉄の棒をしっかり握って切離しに待機している。風圧のためか緊張のためか、頬の筋肉がピリピリ震えているのが見える。やがて列車が峠を登り切って、八本松の駅にかかったな、と思う頃、「プシュー」と鋭い音がして、連結器の口が開き、自動的に補機は切り離されて、見る見るあとへ遠ざかって行った。緊張していた機関士がニコニコ笑い出し、こちらで手を振ると、向うでも手を振って遠ざかった。運転車掌は時計と時刻表とを握って、通過駅の通過時刻の測定照合に忙しい。駅を通過する度に、窓から首を出して手を伸ばして、「何とか何とか、カーッ?」というようなことを怒鳴って、何かの確認をやっているらしいが、何と云っているのか、風に吹きちぎれてわからない。広島の次の停車駅は岡山である。中庄、庭瀬、それから、岡山を出て、三石《みついし》の峠を越え、相生、網干《あぼし》のあたりでは、制限一杯の時速九十キロ近くが、出ているようであった。

春景色の窓外が漸く暮れて、十八時三十八分姫路に着く。夕刊を買って眺めると、「かもめ」の記事が出ている。そして、今日の下りの「かもめ」に、内田百閒先生が、二等車に乗り込んで、嬉しそうに山陽路を下って行った、と書いてあった。

姫路では四〇列車、上り「筑紫」が待避している。つまりここで、「かもめ」は「筑紫」を追い越すわけである。停車時間が長いので、「筑紫」の乗客たちは、大勢ぶらぶらと、フォームを歩いたりしているが、特急車に抜かれる急行の乗客というものは、どうも羨ましいような、不愉快なような、とにかく大分こだわった顔つきに見えた。二十時丁度、全く疲れを知らずに大阪駅に着いた。

翌《あく》る日、私は京都へ出て、特急とはおよそ気分のちがう、西芳寺と、大徳寺の庭をぶらぶら見て、翌十七日にまた、下りの「かもめ」で広島へ引き返して来た。

これで私の山陽特急試乗記はおしまいだが、話のついでに失敗談を一つ附け加えておけば、その後も私は「かもめ」に興味があって、広島滞在中、家から山陽線の土手が見えるので、毎日その時刻がくると、「かもめ」の上り下りの通るのを眺めていた。或る日、例の如く見ていると、鉄道土手を博多を指して下って行く特急車の後尾の「かもめ」のマークのところから、めらめらと火焔があがっている。「おや」と思って、列車が家並にかくれてまた現われるのを待って見ると、やはりめらめらと赤く火が燃えている。私はとっさに電話にとびつき、次の次の駅である己斐《こい》を呼び出して、駅員に、

「今五列車の下るのを見た者ですが、後尾から火が出ています。」と告げた。

「ありがとう！」と叫んで、駅員は電話を切った。

気になるので、五分ほど待って、もう一度己斐の駅を呼び出した。「どうでした？」と訊くと、

「すぐ助役さんにフォームへ出て貰いましたが、何にも異状がありませんでした。」

私は電話口で大へん恐縮した。

何故あんな赤い焔が見えたのか、それは今でもわからない。もしかすると、暖房の排気に、線路のかげろうが映えて、光線の加減で火のように見えたのかもしれない。

（昭和二十八年六月）

時刻表を読む楽しみ

現在日本で各種列車の運行時刻を記したものとしては、市販のものでは、交通公社から毎月発行されている「時刻表」、これが一番権威のあるものだが、あれを見ると頭が痛くなるという人がある。どういう風にして必要な頁をあけたらよいかも分らないし、あの数字の行列を眺めても、汽車がどっちからどっちへ走っているのか見当もつかず、まして運賃の計算などは論外である。これが時刻表利用者（？）の一方の極であるとすると、他方の極にこの時刻表の、ほとんど月極めの愛読者がいる。そして私もどちらかといえばその一人であるが、われわれのは必要な時に発着時刻を調べるというだけではなくて、文字通り折にふれて愛読しているのだ。その中間にいるのが、ごく普通一般の利用者で、旅行する時にこれを買って、自分の乗る列車を決定し、乗換時刻を調べ、もう少し詳しくなると、自分の乗るべき車輛の位置や、目的地までの運賃も調べ、旅が済んだら古雑誌と一緒にほうり出して置くのである。

こういう人たちは、大抵この時刻表に投書欄があることには気がついていないだろう。大体時刻表を読む物好きがいようとも思うまいし、投書するとして、何を投書するのか見当もつかないだろう。ところが正にその物好きが、案外な数いるのであって、それは十一月号（昭和二十九年）の時刻表で云えば、二七九頁の「交換室」というところを開いて御覧になれば分る。

私も汽車に乗ったら、この時刻表以外のものはあまり読む気がしない。何がそんなに面白いかと云って、例えば十月一日の時刻改正から特殊列車の一〇〇一、一〇〇二列車には「西海」という愛称がつき、同じく一〇〇五、一〇〇六列車は「早鞆《はやとも》」となり、東海道線三八〇一電車「伊豆」号、三八〇七電車「いでゆ」号は、それぞれ三千台が取れて、八〇一、八〇七電車となり、自分の列車が次にすれちがう急行は三六列車、上りの「きりしま」で、その次が二列車「つばめ」で、「つばめ」は沼津で「きりしま」を追い越して「きりしま」より三十七分東京へ先着する、というようなことを、考えたり調べたりするのは、秋空を整々と運行している星の運びを知るのが楽しいように、非常に楽しいものなのである。

ところがいい年をして、汽車が好きだとか、時刻表を愛読しているとか云えば大抵人が笑う、馬鹿にする。我等の同好の士もおおむねそうらしくて、会社勤めであれば「ツーリスト・ビューロー」などという綽名《あだな》をつけられて、社員旅行や出張旅費の計算に重宝がられるくらいが落ちで、その無念さが凝って、時刻表の投書欄に集まって来るという趣があるようである。

しかし「交換室」欄は、限られた紙面で到底そういう人々の忠言や希望や喜びを充分には収録できない。実際の投書はあれに収められたものの何倍にも上り、全国各地のあらゆる職業、あらゆる年齢の人々から、時には便箋何枚にも細字でギッシリ詰まった手紙が来ているのであって、交通公社の出版部の時刻表編集係で、この収録しなかった利用者の声を集めたガリ版刷りのパンフレットが出来上っている。これを第一集、第二集ともらって読んで私は驚いた。

それは私などが到底足もとにも寄れないような、マニヤ達の声で充ちあふれている。福岡のある役所に勤めている人は、中学一年の時からこの時刻表を、毎月欠かさず購読しているといい、全国の急行列車以上はほとんど諳記《あんき》していて、夜も枕頭に時刻表を備え、眼が覚めると時計を見て「ああ、今十一時二十二分だな。そうすると、急行『げんかい』は今、下りは岡山の手前を走っており、上りは厚狭《あさ》に停車中だ。」そういうことを考えて独りで楽しんでいると述べ、十九の項目にわたって希望事項を書き出し、その中には、東海道線下り一二七列車京都行は平塚で一列車「つばめ」を待避するが、こういう普通列車の急行待避は、印をつけて記入してもらえると長旅に興味が深いと云い、資料が御希望ならと、逆に交通公社に資料の提供を申し出ている。この人が並べ立てた十九項目の希望事項の中には、その後採り上げられて、時刻表の上に実現した事柄もあるようだ。

また兵庫県の田舎の人で、

「私は鉄道に最大の興味を持ち、特にダイヤの研究をしています、時刻表も昭和十二年より毎月かかさず求めており、書棚にもすばらしく沢山並びました。古いのでも一冊も売却せずに保存しています。これをみると日本の各都市及び地方の盛衰がわかり、よい資料です。もし読者諸兄に昭和十二年以前の時刻表をお持ちの方がありましたら御一報下されば幸甚です。」などと書いて来ている人もある。私は三、四年前、自分の小説の中に、昭和十七年の関釜連絡船の下関到着時分を正確に書こうと思って苦労したことがあったが、こんな人を知っていたら、どんなにか便宜を計ってもらえただろうと思った。肝腎の交通公社は焼けてしまって、昔の時刻表は残っていないのである。

そうかと思うと、鵠沼《くげぬま》の人で、同じ大阪東京間十時間の旅をするにも、まず京阪電車の自慢の特急で京都三条へ出て、京都で急行「きりしま」をつかまえ、その食堂車で昼食を済ませ、岐阜で「きりしま」を乗り捨て、名古屋鉄道の特急ロマンス・カーで豊橋へ走り、豊橋から急行「阿蘇《あそ》」に乗りついで東京へという離れ業ができるのも、公社の時刻表あればこそですなどと讃辞を呈し、そのあとで叱言を並べているのもある。私は調べてみたが、この「阿蘇」とあるのは現行では一〇〇二列車「西海」となり、そして今この酔狂な旅をやると「きりしま」で真っすぐ東上するより、約一時間長くかかり、費用が三等で約三百円高くつく。

また網走から鹿児島まで、駅名を全部宙《ちゅう》で云えると云って自慢している人もあり、全国の隣り合った駅名で、続けて云うと人名になるものを、萩玉江、乃木松江、安岡福江（山陰線）、金野千代（飯田線）、朝倉旭（土讃線）、高橋武雄（佐世保線）というふうに、二十幾つ丹念に挙げている人もある。

こうなってくると、興味の無い人にはいささか気違沙汰で、阿呆らしくて聞く気がしないかもしれないが、一般の利用者が案外《あんがい》知らなくて、もっと利用されるといいと思うのは、時刻表の終りの方についている主要旅客列車の編成表と利用状況の欄である。

これは馴染の無い人には、初めはわかりにくいかもしれないが、よく見れば馬鹿でないかぎり誰でも理解がゆくもので、これを見ることを覚えれば、次にすぐ続いて空《す》いた急行があるのに満員列車に乗って苦しんだり、フォームへ上ってからうろうろと「二等寝台はどの辺ですか?」などと駅員に訊いてみたりしなくても済むわけで、こんな手を覚えると、だんだんその人も列車の運行に興味を感じて、そのうち多少はわれわれの仲間らしくなってくるかもしれないのである。

なお、書物の校正を少しやったことのある人なら大概察しがつくであろうが、時刻表のこの顕微鏡的な数字の行列は、校正をやるものにとっては、実に大変な相手で、一度「3」を「8」と誤植したが最後、何百人の人が汽車に乗り損うかわからないのであって、やっている人たちは「人生の墓場だ」とこぼしているそうだが、全国多数の時刻表マニヤの気持は、せめてものこの人たちの慰めの一つになっているかもしれない。

（昭和二十九年十一月）

僕は特急の機関士

雑誌『旅』の編集部から、「特急はとの機関車に乗って、その感想を書いてくれないか」という註文があった。たいへん耳よりなはなしなので、早速承知をし、東京管理局から「機関車乗車証」というものをもらい、私は二月六日、日曜日、朝十時半、東京機関区に出頭した。東京機関区は東海道線で東京駅から出発すると、列車が品川へ入るすこし前に、右側に電気機関車がたくさん並んでいるのがちょっと見える、あすこで、東海道線の旅客列車を専門に受け持っている機関区である。以下はその日の三列車「はと」の機関車同乗記である。ただし、機関士の生活や、いろんな特殊な経験などに関する話は、別の日に東京機関区の別の人から聞かせてもらったもので、同乗中は機関士たちとそんな雑談をすることはゆるされなかったし、そんな余裕もなかった。

「はと」は東京駅十二時三十分の発車であるから、「十時半に東京機関区へ来て下さい」と電話で云われた時には、それは大体の時刻だろうと、私は思っていた。ところが、機関区の人たちの時間に関する観念はきわめて厳格で、私が一分ばかりおくれてかけこむと、それを待っていたようにすぐ、出庫点呼が始まった。機関士と機関助士が当直助役の前へ出て、一礼して、

「五〇二仕業点呼ねがいます。EF五八の四八、品川東京六〇〇三、東京静岡三列車、静岡東京四列車、東京大崎六〇〇四、大崎蛇窪《へびくぼ》推進の六〇〇四、蛇窪品川六四〇三、徐行区間、品川大森間、上り下り制限三〇、鶴見横浜間、上り下り制限三五云々」

というふうな申告をおこなって、乗務日誌を差し出して助役の捺印を受けるのである。

その意味は、

「自分たちが本日乗務するのは、EF五八型の第四十八号電気機関車で、品川の操車場で整備の出来た『はと』の客車に機関車を連結すると、それより六〇〇三列車（つまり廻送の『はと』）として東京駅へ持って行き、次に三列車（つまり下りの『はと』）として静岡に至り、そこで二時間四十分ばかり休んでから、四列車（上りの『はと』）

に乗務して東京へ帰り、旅客をおろしてから、廻送列車として大崎蛇窪を廻して、品川客車区へおさめて夜十時に仕事を終る。途中徐行区間はどことどこで、その制限時速はいくらいくら」

というのである。この、なぜ特急が東京へ着いてから大崎蛇窪を引き廻すかという話はあとで書く。

点呼が終ると、彼らは機関区の事務室を出て、構内にいる当のEF五八の四十八号のところへ行き、それから機関車の点検を始めるのである。その前、三列車の機関士たちは、十時五分に機関区へ出勤している。この時刻も、いかにも機関区らしく、一般の工場や会社の出勤時刻とはちがって、その仕業仕業で、十時五分出勤とか、夜中の二時四十五分出勤とかいう半端《はんぱ》な時刻になっているのが興味深かった。そして、十時五分に出勤すると、彼らは二階の乗務員詰所へあがって作業衣に着更え、掲示板に貼り出してあるその日の徐行区間や、その他の注意事項を読み、ノートし、それから下へ下りて十時半の出庫点呼を待つわけである。

私にはこの日、大島さんという、いまは若い機関士の指導役をしているヴェテランの機関士が、ずっと行動を共にしていろんな説明をしてくれた。構内にいる四十八号は、無論もう、一応の整備は出来ているのだが、機関士と機関助士とで手分けをして、さらに点検をする。助士が機械室へ入り、機関士がコントローラーを握って「シリース（直列）」、「シリースパラ（直並列）」、「シャント（並列）」、「逆転」、「オフ（切）」等とどなりながら、機械が具合よく作動するかどうかを確かめる。それからブレーキの試験をする。今は冬なので「SG1」という暖房装置も整備点検する。古い電気機関車は、うしろに暖房車を連結して、それで客車の暖房をやっていたものだが、新しいEF五八には、機関車の内部にこの「SG1」が備えつけられて、軽油を焚いて蒸気をつくり、客車へ流す仕掛けになっており、これも、乗務員の骨の折れる仕事の一つになっているらしかった。頑丈そうに見えるけれども、電気機関車の機械類はなかなか微妙で、接触部分にちょっとゴミが溜まっても故障することがあるそうだ。故障がおこると自動的に運転台のブザーが鳴るようになっている。

さて、それが終ると、いよいよ出庫して、操車場にいる綺麗にみがかれた「はと」の展望車の前へ連結し、それから約一時間、「SG1」で客車内の予熱をする。スチームの温度は百八十度が標準で、車内温度は十五度Cまで発車前に上げておくのが目標である。機関士たちはその間に、機関車の中で簡単に昼飯を済ませてしまう。

真剣に自分の仕事をしている時の人の顔は美しい。茶色のオーバーを着て、機関区の鏡の前でポマードを塗った頭をなでつけている極《ご》く平凡な若者が、いったん作業衣をつけて機関車に乗ると、みちがえるように緊張した美しい顔つきになる。この日の機関士のIさん、機関助士のGさんも、私にはそう見えた。もっとも、特急の機関車乗務員は、定められた数人の人だけで、誰でも乗れるというものではないそうだ。普通急行の機関士をつとめていても、未だ特急の乗務はすることになっていない人もたくさんいるらしい。機関士の資格をとるまでは、成績のよい人で大体五年。教習所を出て、庫内手から始まって五年以上経って、はじめて新米の機関士になり、その中からさらに経験を積んだ、特に優秀な人が特急の運転をすることになるので、地方の機関区の人々などには、一度東海道線の特急の運転がしてみたいというのが、一種のあこがれのようにもなっているようであった。その代り東海道線の「つばめ」や「はと」の運転をしていると、地方線区の機関士のように、沿線の子供と顔なじみになって、機関車の中から手を振ったり、春先、沿線の花の咲く風景を気持よく眺めたりというふうなのんびりした楽しみは全く無いらしい。花が咲いていても、海が美しくても、横目でちらりと眺めるだけである。乗務中の様子は、実に緊張の連続、真剣そのものであった。

運転台の計器類の横には、乗務員用の時刻表（この列車に関するだけの）が立てかけてある。時間は十五秒単位、われわれが普段つかう交通公社の時刻表では、たとえば下りの「けと」の横浜到着は十二時五十五分で、発車は五十六分となっているけれども、機関士用のものには、十二時五十五分三十秒着、同五十六分三十秒発と記入されており、そして列車は遅延しないかぎり、そのとおりに走っているわけだ。

十一時四十六分、品川操車場発、左の窓べりの席に機関士が坐ってコントローラーを扱い、右の窓側に機関助士が坐っている。新橋を通過して、十一時五十五分東京駅十五番線着。フォームにはすでに乗客たちが荷物を提げて行列をしている。自分が乗る時には、このカラの列車が入って来ると、あわただしいような楽しいような、色んな感じがあるものだが、そういうお客さんたちの姿を、きょうは機関車の運転台から眺めているわけで、なかなか面白かった。たとえて云えば、舞台の幕のかげから、観客席を眺めているようなものである。

車掌がメモを持って来て、

「お願いします。本日三列車、十三輛、換算四十七1/2」と云って置いて行く。今日は熱海から乗る団体客があって、普通の十一輛編成に三等車が二輛増結されていて、列車が長くなると、運転の方もやはりやりづらいらしい。上り勾配ではそれだけ重くなるし、ブレーキをかけて停止位置にぴたりととめる時にも、それだけ重みが加わってむずかしいのであろう。

機関車の中には便所がない。「はと」の場合は停車時間は、静岡まで乗務のあいだ、横浜で一分、熱海で二分、したがって駅の便所へかけこむ暇もない。もし腹でもこわしていたら大変で、そういう時には、下痢止めの丸薬でもうんと呑みこんで乗るか、そうでなかったら予備の人と交替してもらうのだそうだ。小用の方はかならず済ませておかなくてはいけない。

それから一般の人にはちょっと奇異に感ぜられるのは、電気機関車は、うしろに六、七百人の乗客と、車掌やボーイや「ミスはと」たちを乗せて、それを引いて高速で突っ走りながら、聞く耳を持たないことだ。何か突発的な用事がおこっても、客車の方から機関車へ連絡する方法は全然ない。車掌が通路をわたってやって来ることもできない。これでよく不都合がおこらないものだと、ちょっと不安な気持もする。大島さ

んは、

「しかし、電車のように電話器がほしいですねえ。」と云っていた。

発車まで少し時間があるので、フォームへ下りて展望車の方までぶらぶら歩いてみたが、一等車二等車はガラ空きの様子であった。

乗務員は標準時計に合せてきた正しい時計を持っている。むろん懐中時計で、秒針もきちんと合っている。機関士のIさんが、

「駅の電気時計は、東京駅のが一番正確ですね。きちんと一分前にベルが鳴り出します。」と云っていた。


さて、十二時二十九分、正確な東京駅の発車の合図のベルが鳴り出した。子供に機関車を見せにつれて来ていた若いお母さんたちも、すべて乗車した。一人、私たちと同じ鉄道マニヤにちがいない大学生が、書類ばさみに交通公社の新しい時刻表を入れて、発車まで機関車のそばでうろうろしていた。

十二時三十分発車、コントローラーの入れ方は、たいへん慎重なゆっくりしたもので、直列の目盛を、ひときざみ、しばらくして、もうひときざみ、又ひときざみと入

れて行き、列車はすこしの衝動もなく静かに加速して行く。

「後部オーライ」と窓からフォームのうしろの方を見守っている機関助士が叫ぶ。

「後部オーライ。定時」と機関士がコントローラーをにぎり、前方を注視しながら答える。

すぐ新橋だ。

「場内進行！」

「場内進行！」

「新橋通過！」

「新橋通過！」

機関士と助士とはそう叫び合って、時刻表に赤で記入してある新橋通過時刻、十二時三十三分三十秒というところを、きびしく両方から指でさしあう。

信号機には、駅へ入る手前の場内信号と、駅を出る所の出発信号と、駅と駅との間にある閉塞信号との三種類があり、場内及び出発の信号は、駅の信号掛《がかり》が赤にしたり青にしたりすることができるが、途中の閉塞信号は自動式で、列車が通過すれば「青」（進行）から「赤」（停止）に変り、その列車がその次の閉塞信号を通過すると

「橙」（注意）に変る仕掛けになっている。

この閉塞信号機が、約一キロメートルに一本の割で立っているので、もし列車が時速九十キロで走っていると、信号は四十秒毎に一つあらわれて来るので、それの確認だけでも、景色に眼をうつしたりしている余裕はないわけらしかった。

また、東京附近は、東海道本線に貨物線、京浜電車線などが多数並行して走っており、信号も、同じ箇所に四つも五つも、赤いのや青いのが高低さまざまにともっており、どれが自分の走る線の信号であるかを、正確に読みとれるようになるには、相当の年期が必要で、新米のとき、ぎゅうぎゅうしぼられて、それをおぼえこまされるのだということであった。

「品川通過、十一番線！」

「十一番線、第四場内進行！」

「後部オーライ。」

「後部オーライ。定時！」

通過時の時刻の判定は、機関車がその駅のフォームの突端を通過する時をもっていい、十五秒単位でとなえることになっている。

品川大森間、制限三十キロの徐行区間を過ぎると、ようやく「はと」は特急らしい速度になって一路東海道を西下し始めた。
スピード・メーターは八十二、三キロのところをピクピク動いている。

この日は然し、徐行区間がわりに多いようであった。品川大森間のほかに、横浜の手前でまた、上り下り制限三十五キロのところがある。そのため、横浜約一分延着。停車時間は一分。列車が停止したとおもうと、ほとんど同時に発車のベルが鳴り出す。機関士たちは一分の停車時間中、二十秒ぐらいホッと息をつくそうである。

僅かな停車時間を、名物の焼売《シュウマイ》うりが車窓を呼んであるいているのが遠く聞こえるが、ここまでは売りに来ない。前面のひろいガラス窓の下に、機関助士のGさんの、パラフィン紙に包んだ小さなホットドッグが置いてあるのが、何となく印象的である。

ベルが鳴り止む。

「出発進行！」

「出発進行！」

「後部オーライ。」

「後部オーライ。一分十五秒延。」

程ケ谷を過ぎると、正面にまっ白に雪をかぶった富士山と、丹沢の山塊が見えて来る。

「第一閉塞進行！」

「戸塚通過。」

「場内進行！」

「後部オーライ。一分延。」

特急では、おくれた時間を取り返すのはなかなかむずかしく、大阪までの遅延回復の幅は四、五分程度のものだそうである。

「大船通過、二番線。……」

「藤沢通過。……」

「場内進行！」

「後部。オーライ。」

「後部オーライ。一分延。……」

藤沢を過ぎると長い直線コースが多くなり、制限箇所もなくなって、辻堂を通過して間もなく、スピード・メーターが制限一杯の九十五キロを指し始める。しかし九十五キロまで上がると、機関士はすぐコントローラーを「オフ」にして、決して規則以上のスピードは出さない。それから、われわれ素人の考えでは、――殊に遅れている場合には、少くとも制限一杯までグングン速力を出して、必要なところでブレーキをかけてしぼればよさそうに思うが、決して無闇にはスピードを上げず、停車のとき以外はブレーキはほとんど使わない。主として経済的な面からの考慮らしいが、ブレーキを使わずに、時刻表通り運転するのが、機関士の腕であるようだ。

信号の確認のほかに、警笛吹鳴《すいめい》の標識を見て、警笛を鳴らすのも機関助士の役目だが、平坦な楽な区間に入ったので、助士は、

「機械室点検！」と叫んで、すばやく後の機械室にもぐり込んで行く。静岡まで乗務のあいだに、これを何度かやるらしい。火花が出ているとか、熱で変色しているとかいう怪しい部分を、早期に発見して、走りながら手当を加えるのである。このため、故障を未然に防げる場合が相当あって、列車を停めて修理をしたり、替りの機関車に来てもらったりすることはめったにない模様であった。しばらくして、奥の方から、「機械室オーライ！」と叫ぶ声が聞えてきた。そして機関助士は席へ戻って来る。

だが、機関車の乗り心地というものは、決して上等なものではない。妙にガタガタ、ゴクンゴクンと身体にこたえるような震動をする。この五〇二仕業、――つまり下りの「はと」で行って、静岡で上りの「はと」に乗りついで、夜東京へ帰って来る仕事で、廻送六〇〇四列車になって蛇窪を廻すころには、一日の震動と緊張とで、ぐったり疲れが出てくるということだった。

「大磯通過。本線場内進行！」

「後部オーライ。」

「後部オーライ。四十五秒延。」

線路の両側の幾らかゆるい傾斜になった、まだ萌え出さない枯芝の上で、小さな子供たちが遊んでいる。汽車が来るのをよろこんで、わざと線路の方へ走り寄って来、声は聞えないがキャッキャッと笑っている様子で、また逃げて行く。こちらは時速九十キロだ。危くて仕方がない。しきりに警笛を鳴らすが、向うは平気でみんなで笑ってよろこんでいる。マリでもころばせて、咄嗟《とっさ》にそれを追って飛び込んで来られたら、もうおしまいだそうだ。

乗務員が一番いやなのは、なんといっても轢断《れきだん》事故で、それも子供をやったときが一番いやだという。因縁で、やる人は妙につづけて人を轢《ひ》くことがあり、東京機関区のある機関士などは、三晩つづけてやり、次の日はどうしても乗る気がしなくて、一日家で蒲団をかぶって寝ていたそうである。そして場所も、大体おなじところが多い。静岡の向うになると、夜行の急行に乗務して走っているとき、夜半東海道を往来する自動車が、よく踏切の警報器を無視して高速で飛び込んで来、危くてしようがないという話であった。

自殺者はたいてい、三、四十メートル——というが、実際はもっとあるらしいが——そのくらい先で、パッと飛び込んで来る。八十キロで走っていると、急ブレーキをかけてもほぼ三百メートル突っ走らないと、列車は停らない。列車はそのときにはもう、人をひいてその死骸を抜けてしまっている。機関車を降りて、そこまで走って帰るのが、相当の距離だそうだ。始末をするのは大抵機関士で、車掌の方は、よほど経験をつんだ人でないとなかなか手を出さない。しかも機関士たちの頭には、定時運転という観念がつよくこびりついている。まず轢いた時刻を見、場所を確認し、死体を出して、時速何キロで何百メーター曳きずったか、轢かれた人の年齢、性別、着衣、履き物を確認し、保線の人か最寄りの駅に連絡をとって、発車するまでが、早い処置で約六分、やはり顔はまっ蒼になり、手はふるえるそうだ。幾度もやれば度胸がつくようになるかというに、それが反対で、怖気がついて、視界が悪かったり人が線路わきに立っていたりすると、すぐ警笛を鳴らすようになるということであった。

夜勤の機関士は、昼間家で寝ておくわけであるが、昼間家庭で静かに睡眠がとれるような恵まれた環境にある人は少い。それでつい皆寝不足になり、真夜中、機関士と機関助士と二人きりで、単調な線路の帯と信号とだけを見つめて何時間も走っていると、麻酔にかかったように眠くなってき、これがまた一番おそろしいという話も聞いた。

しかし、前にも書いたように、こういう話は別の機会に聞かせてもらったもので、運転中は、そんな話をする余裕はなかった。運転室の空気には、だれたところは全く無い。もっともそれでも、大磯を通過する頃には、いくらか私たちも気が楽になって、

「あの森が、吉田さんの邸だそうですネ。」

などと云い合い、機関士のIさんも、ちらりとその方を見て、微笑したりした。

国府津《こうづ》を通過すると、右前方に白い富士山がくっきりと大きく見えて来る。そのこ

ろには、遅延もほぼ取りかえして、

「小田原通過。」

「出発進行！」

「後部オーライ。」

「後部オーライ。十五秒延。」

という声が聞えていたが、早川根府川間にまた下り線三十キロの徐行区間があり、湯河原は四十五秒延で通過、そのまま熱海に到着する。私はここで下車である。附き添ってくれた大島さんもここで降りた。二分停車で四十五秒延のまま発車する「はと」を見送って、私はこの貴重な、且つたいへん楽しかった特急の機関車同乗を了《お》えた。

私の見学記はこれでおしまいであるが、最後に初めに書いた通り、二列車及び四列車の蛇窪引き廻しのことについて書いておこう。

ご承知のように、十三、十四列車「銀河」、三十五、三十六列車「きりしま」等、普通の急行列車は、上りも下りも機関車がつく位置が変るだけで、同じ向き、同じ編成で走行している。つまり東京駅のフォームでいえば、「きりしま」の二等寝台車は、上りの場合も下りの場合も常に新橋寄りの位置についている。しかし「つばめ」と「はと」だけはそうでない。進行方向に向って、前から三等車、二等車、食堂車、二等車、一等展望車という編成になっていなくては具合が悪い。大阪から着いた上りの「つばめ」と「はと」は、客を降ろしたら、翌日の出発にそなえて、くるりと向きを変えて置かなくてはならない。どうやって向きを変えるのか？

「ハイ。分りました。山の手線を一周させればよろしい。」

というのは、これは笑い話である。山の手線を一ト廻りしても列車の向きは同じことだ。この質問に答えられる人はなかなかいない。

「つばめ」と「はと」は東京駅について客を降ろすと、しばらくしてから展望車の前に電気機関車をつけ、六〇〇二及び六〇〇四列車となって、東海道本線を品川へ下る。下り本線を偶数の列車番号で走るのは、こういう廻送列車だけである。そして、品川のフォームにちょっと停車してから、山手貨物線へ入って大崎まで行く。

私は一度、品川客車区の人にたのんで、この廻送列車に乗せてもらったことがあった。品川からは客車区の清掃夫が乗り込んで来て、引き廻しのあいだに、ざっと掃除を済ませてしまう。さて大崎まで来ると、今度は推進の六〇〇二及び六〇〇四列車となって、バックで、山手貨物線の延長上にある品鶴線へ入る。展望車は鍵がかかって灯が消えている。食堂車ではウェイトレスたちが、伝票の計算をしたり、掃除をしたり、帰り支度にいそがしい。ガランとした特急車は、ゆっくりゆっくり蛇窪信号所まであとすざりをし、蛇窪でまた停車する。私の乗ったのは六〇〇二列車、つまり廻送の「つばめ」であったが、日が暮れて、信号所の近くの暗やみの中に墓場が見える。人気のない、ひどくゆるゆるとした特急車のなかに、ぼんやり坐って夜の東京の景色を眺めているのは、なんとなく、一種の趣があった。それから今度は、六四〇一及び六四〇三列車と、列車番号が変って、蛇窪から品鶴線を品川操車場へ戻って行き、そこで特急は綺麗に洗われて、一晩眠るのである。つまり、ほぼ三角形の各辺の上をたどる形で向きを変えてしまうのだ。ついでながら、一列車三列車が大阪へ着いたあとは、どこの線へ入れて向きを変えるのか、それは残念ながら私は聞き洩らした。

（昭和三十年二月）

僕は鈍行の機関士

『産経時事』の「お手のうち公開」という企画で、七月末の某日、余技を公開すべく、国府津より十二時三十六分発御殿場線九一五列車のD52型蒸汽機関車に乗車、沼津へ出、沼津機関区を見学の後、再び沼津十六時十五分発東海道線上り急行三十四列車「西海」号のEF58型電気機関車に添乗、小田原に至る。

この前日、熱海で友達に会って、

「あした機関車の運転をする。」と云ったら、

「冗談じゃない。その列車を教えてくれ。東京へ帰るのに絶対乗らないようにするから。」と云っていた。しかし、心配御無用、お手のうち公開というその時の写真は、この本の口絵になっているが（文庫版には掲載せず）、本当は看板に偽りである。やっ

てみたいのは山々だが、素人の列車運転など、国鉄で許してくれるわけはない。見ていただけだ。だが、蒸汽機関車試乗は初めてで、僕にとっては非常に貴重な経験であった。御殿場線は全国でも蒸機の難所であり、相当きついだろうとは想像していたが、まさかこれほどとは思わなかった。

その日今夏最高という暑い日、客車内の気温三十四度。D52の中では、千五百度の罐が、地獄の色をして燃えている。運転室の温度は五十度を越えているだろうと云われた。百四十トンの重量機関車は、タイヤ無しの自転車のような、固い乗り心地の悪い震動をする。上り勾配のトンネルの多い区間にさしかかると、機関士も助士もわれわれも、皆手拭で覆面をする。トンネルに入ると、まるで煤煙を流し込んだ高熱のトルコ風呂の如く、身体の芯からムーッと蒸し立てられるようで、目も口もろくに開いていられない。一つ抜けてホッとする間もなく、また次のトンネルで、蒸し焼き同様の状態が断続する。トンネル内にカーブがあると、煙で一切何も見えず、列車は文字通り、やみくもに走るだけだ。僕たちは面白半分で、セキをしながら頑張っているが、これを日常の仕事にしているのは、大変なことで、実際に乗ってみなければ到底想像不可能である。やっと上り勾配のトンネル地帯を過ぎた頃、「乗務を終って一杯の氷水は、すばらしいですよ。」と同乗の機関士の人がいっていた。

（昭和三十二年七月）

にせ車掌の記

私はかねがね、一度列車の専務車掌に化けてみたいと思っていた。いわゆる一日車掌とか一日駅長とかいう名誉職ではなく、実際に乗務をして、検札のパンチを持つ乗客専務としての仕事をしてみたかった。それが『旅』の編集部のすすめで実現することになった。私はうれしくて何人かの人に話したが、するとみんなはゲラゲラ笑う。どうして笑うのだろう。誰でも子供の時には、電車や汽車の車掌さんになってみたかったことがあるにちがいない。その夢を三十何年持ちつづけているのは、やはりおかしいだろうか。それからは私は、

「明日ちょっと関西へ行って来ます。」

「へえ。何の用で?」

「いや、すぐ帰って来るんだ。」としか言わないことにした。東京駅へ見送りに行ってやるという連中には、真《ま》っ平《ぴら》お断りして、乗る列車も教えないようにした。東京駅頭でゲラゲラ笑われては、乗客専務の威厳にかかわる。

しかし化けるということは、何とたのしいことであろう、――殊に自分の好きなものに化けるのは。かくれみのの話や、狸や狐の化ける話は、昔の人が化けるたのしさを夢に托したものにちがいないと私は思う。前にも書いたが、職場でも学校でも笑われるのが落ちだから、みんな大ッぴらには云わないのだろうが、鉄道に趣味を持っている大人の数というものは意外に多いのである。それは月々の交通公社の時刻表の投書欄を見ればよくわかる。この人たちは、私が車掌に化けて神戸まで行って来たことを決して笑わないだろう。私は、私のにせ車掌の報告記を、この人たちに捧げたい。鉄道に趣味を持つのがおかしければ、切手を蒐集《しゅうしゅう》したり、時計に興味を持ったりするのだって、やっぱりおかしい。諸君、そうではないか。

ただ、国鉄としては結構なことだろうが、私として少々残念なことに、私の乗務した列車は、その日、盗難もなく病人もなく、不正乗車というべきものも、乱暴な客もおらず、要するに太平無事で、時刻表通り一件の事故もなく終着駅にすべり込んで、そのため私はあまり面白い報告の記事は書けそうもない。本物の専務のKさんも、「こんな無事な乗務はめったにありません。」と云っていた。

列車は、七月某日二十時三十分東京発の十三列車「銀河」。編成は御承知のように前から「スニ三〇の七五」「マイネ四〇の一七」「マイネ四一の九」(一等から格下げになった二等寝台車は未だマイネの記号のまま黄帯を巻いていた)、それから「スロネ三〇の二」、「スロ五四の一一」「スロ五四の四七」「オロ四二の一」(これは例の新しく出来た普通二等車で蛍光灯がついていて、特別二等車に劣らない美しい車で、私は初めて見た)、そのあとに「スハ四三」が「四七七」号車から順番に「四八一」号車までついていて、最後尾が「スハフ四二の二六〇」、十二輛の編成である。「銀河」は東海道線の夜行の花形列車で、昔の十七列車十八列車にあたるもので、この列車に乗りつけている客は、だんだん常連になって、他の列車には乗らないという人が多いそうである。そのかわり、

「東北線の三等車に扇風機が四つついているのに、どうして『銀河』に二つしかついていないのか？」などという苦情を出す客もあって、この日は三等車にも各車輛四箇

ずつ扇風機が廻っていた。

夕方五時半、東京駅降車口の上にある東京車掌区に出勤する。区長のN氏の部屋で、本物専務のKさんに引き合わされ、麻の開襟の上着と、赤い「乗客専務」の腕章と、紺のズボンと、それから麻の日覆のついた国鉄職員の帽子を身につける。何とか云っても、鏡に向うと、さすがに少々照れくさかった。軍隊から帰って十年ぶりで、制服というものを着た。しかし、この服装は、今までの車掌の服装とは段ちがいに気のきいたもので、東海道線の特急と、「銀河」その他特定の幾つかの列車の専務以外は、未だ着せられていない。それから、時間になって助役のところへ行って「敬礼」をして、放送室のカギを受け取り、注意事項をきき、鞄を持って東京駅十一番線に上る。私の鞄の中には洗面道具の他は格別何も入っていないが、Kさんの鞄には、車内発行の補充券や、色々な料金表、粁程表、パンチ、鉛筆、時刻表、カギ、救急薬などが一杯につまっている。そして十一番線の外側に停っている、先程九州から到着した「きりしま」に乗り込む。これで品川の操車場まで行って「銀河」に乗るのだ。その日の二十時十五分発の一〇〇五列車「早鞆」に乗る専務さんと同道であった。廻送の「きりしま」は動き出した。私は前の晩からおぼえこんできた「銀河」の各停車駅の到着時刻と、停車時間と、到着フォームが右か左かということを、もう一度くりかえして暗誦する。

「えーと、浜松着一時十九分、二十五分の発車。名古屋到着三時二十一分、九分間停車。……」何しろ、もし不都合があって、朝日新聞の「もの申す」欄などに車掌の悪口など出されては大変だから、私は懸命であった。

K専務はボーイ時代から、三十七年間この仕事をやってきたという人で、東京車掌区にいる十四人のAクラスの専務車掌の一人である。すべてを心得ていて、何の危な気もない。こういう人でも、しかし私用で旅行する時、二等に乗れるようになったのは、――つまり二等パスが出るようになったのは、ごく最近のことだそうだ。国鉄には踏切番や保線工夫や、工機部の工員や、機関士や、下積みで黙々と働いている人が沢山いるが、やはり東大法科出万能で、実際に列車電車を動かしている人は、あまり厚くは報いられていないらしい。三十二号俸から二等パスという規定があって、ところがその人員が多くなって来ると、規定は三十五号俸から、二等パスということに変えられ、運の悪い人はいつまで追っかけていても「あこがれ」の二等パスにはならないと、こぼしている人があった。

品川操車場には、その晩出る急行列車が、綺麗に洗われて、幾本も並んでいる。私たちは「銀河」に乗り込む。五人のボーイたちはもう乗っていて、寝台を作ったり、暗がりの中で夕食をしたりしていた。Kさんについて、電灯のスウィッチをひねりながら、客車の中を廻る。Kさんは洗面所の水や水石鹼の具合や、便所や灰皿の整備状況を見て歩く。船でいえば事務長で、なかなか権威があるらしい。ボーイたちとKさんの間では、先頃出たボーナスの話もはずんだりしていた。元の一等寝台車では冷房装置が動き始める。間もなく電気機関車がつく。乗客のリストを見ると、以前からの二等寝台、現在の「ロネのC」は相当に客があるが、一等寝台の格下げになった「ロネのA」「ロネのB」の方はごく僅かしか乗り手がない。今までの暑くるしい狭い二等寝台の下段を取るのと、冷房装置のあるB室の上段を取るのとでは、料金は僅かに百二十円しかちがわないのだが、七月一日からこうなったばかりで、未だ人がよく知らないらしいということであった。上りはしかし、相当に混んでいるという。大阪の人間はこういうことはすべて早いそうだ。大阪から東京へ来れば、また大阪へ帰るはずで、変な話だが、やはり上りの方が、この気持のいい二等寝台の利用者が、不思議と多いのだそうだ。

新橋で荷物車に荷物を積み込んで、東京駅十四番線へ、八時ちょっと過ぎに到着する。私はフォームへ下りる。途端に忙しくなった。

「四号車というとどこかネ?」

「こちらでございます。」

「君、八時十五分発一〇〇五列車というのは、これじゃないネ?」

「ちがいます。」

「どこから出る?」

「向うのフォームです。」

「向うってどこだ?」

「えーと、あいつは何番線だったかナ。」化けの皮がちょっとはげそうになったが、何とかごまかす。

「車掌さん、電報を打って下さい。」

「えー、この列車は八時以後の出発ですので、普通報ですと、明朝八時以後の配達になりまして、大阪市内は、お着きになるのと、ほとんど同じになりますが、どうなさいます。至急報になさいますか?」

「ははあ、そうかネ。じゃあ急報にしてもらおう。」

「千円おあずかりします。」私はフォームの電報受付へすッ飛んで行く。こんなことをしている間に思ったのだが、何しろこちらは新米だから、一生懸命親切にしているけれども、その親切に対して「ありがとう」という言葉はめったに聞かれない。「ふうん」とか「あー」とかいう声と一緒に、無意味な薄笑いをうかべるという人が存外に多い。学生や若い女性の視線は相当専務車掌に集中して来る。平素旅行のとき、絶えてこういう視線にぶつかったことがないところからすると、これはやはりユニフォームに対する興味らしかった。

八時半、定時に「銀河」は発車した。その前に、飲料水の中には、消毒薬の錠剤が二つずつ砕いて、投入されていた。飲料水のコップや、ひどいのになると真鍮の痰壺を持って行く客があるという話も聞いた。

品川発車二十時四十二分。そのあと放送室から到着駅の案内を放送して、それから検札である。寝台車の客はもう浴衣に着更えて寝支度を始めているので、寝台は除いて、特別二等車から始める。

「ご面倒様でございます。乗車券並びに急行券を拝見させていただきます。」――これはKさんがいう。私はKさんのあとにくっついて、帽子を取り、またそれをかぶって、切符を見て歩く。昔は神戸行の急行が多く、「つばめ」も「かもめ」も神戸止りだったが、今は神戸終着の急行は「銀河」だけで、やはり神戸までの客が多かった。三等車に家族づれの人で、清水までの切符を持っている人があった。「銀河」は清水には止まらない。急行券は持っていない。K専務は親切に事情をきいて、結局このあとの大阪行の普通列車に乗るより仕方がないから、小田原で駅員に引きついであげるから、普通に乗りかえるようにと教え、小田原ではそのことを駅の人に話していた。朝鮮人らしい人で、松山まで通しで行くという人がある。これも、あとの二十一列車「安芸」か、二十三列車「せと」に乗った方が都合がいい。急行券は本当は一回かぎりしか通用しないのだが、この人にも、乗りかえるなら乗りかえを認めるからと、すすめていた。検札に約一時間かかる。特別二等車には、寝台から来て連れと話し込んでいる、何だか見たような顔の人がいて、あとで河上丈太郎氏と教えられた。国会議員のパスは河上氏の他にも大分見うけられた。私は誰か知人に会うとちょっと閉口だと思っていたが、幸い誰にも会わなかった。

「紀勢《きせい》西線への連絡はどうなっていますか?」ときかれる。

「ちょっとお待ち下さい。すぐ調べて参ります。」私は自分の荷物を置いてあるところへ飛んで帰り、「紀勢西線、紀勢西線……」と大あわてで調べて、それから詳しく説明しに行ったら、そのお客は喜んでいた。白浜へ行くというので、八時一分天王寺発の白浜口行にはちょっと無理だろうと思うので、八時二十分天王寺発和歌山行の特急電車があるはずだから、それを利用して、東和歌山で、天王寺八時一分発の列車に追いつくのがいいでしょうと、しかし自信がないから、「なお、天王寺の駅で係員によくおたずね下さい。」と云っておく。

熱海、沼津、静岡。時間の経つのがおそろしく早い。長年つとめたボーイや車掌は、カーヴの感触、鉄橋を渡る音、ちらりと見える景色でも、いまどこを走っているかということがすぐ分るそうである。

ひどく咽《のど》がかわいて、停車する度に、私は生ビールのスタンドが気になって仕方がないが、専務がフォームでビールの立ち飲みをしているわけにはゆかないので、我慢した。夜更けになったら飲んでやろうと思っていたが、三等車の客たちは夜中でも駅につくと、半分ぐらいは眼をさまして、外を眺めているので、どうにもならなかった。発車すると私は、デッキに立って、フォームを過ぎて行く助役や駅員に敬礼したり、されたり。向うはしかし、「ハテあんまり見かけない専務だが——」というような、不思議そうな顔をしているのもあった。

空いている寝台でK専務やボーイたちとしばらく話をする。この列車には今日は一人も乗っていないが、アメリカ兵の柄の悪いのには閉口するような話であった。殊に占領時代はひどかったらしい。また、先日新聞を騒がせた、大部屋女優の売春問題では、実際に自分の眼で見たところから推して、大分NHKの肩を持ちたいような口振りでもあった。

それからまた、私は車内を巡廻する。途中から乗った人に、急行券や電報を頼まれる。通路に坐っているのは、人が二人分の席を占めて寝ていても起せない気の弱い連中だ。一応たずねてから、席を作ってあげる。電報は発着信ともいちいち記録を取らねばならない。

浜松を過ぎて、Kさんと共にちょっと仮睡する。名古屋で起きて、岐阜でまた起きて、それから私は京都が近くなるまでぐっすり寝てしまった。京都の手前では、大津山崎間の定期で「銀河」に乗っている小柄な男がつかまって、K専務に少々油をしぼられていた。

「いつからこれをやってるんだ?」

「これどすか?　初めてやがな。無茶云わんといて。改札で注意してくれへんもん。」

「改札じゃあ、そりゃいちいち注意はしないよ。今日は勘弁してあげますが、これからは駄目ですよ。」こうなるとお客様と係員の立場並びに態度は逆転する。

　京都着六時四十五分、私がフォームに出ていると、

「天の橋立に行くのには?」と聞く人があった。

「十分のお待ち合せで、宮津線回り城の崎行がございます。」まではよかったが、それがどのフォームから出るか分らず、またボロを出しかけた。一人中年の紳士で、

「車掌さん、御苦労さんでした。」と頭を下げて行く人があった。にせ車掌といえども、やはり悪い気はしない。

　大阪。寝台車の検札をして、外人が二人いるが、至極物静かで、何事もない。前夜三等車で日本人の娘と抱き合って寝ていたアメリカ兵も下りた。三の宮、それから神戸終着八時二十五分。「銀河」はそれから鷹取へ廻送になって、宮原操車区に入り、その晩の「銀河」十四列車になってまた東京へ帰って来るのである。Kさんたちは宮原で事務を済ませて三、四時間眠って、またその晩の勤務につくのであるが、私は神

戸で失礼し、自分の服に着かえて、その日の「はと」で帰って来た。平穏無事で、特別な事件は何もなかったが、たいへん面白かった。

（昭和三十年七月）

駅弁と食堂車

十一月末に、私は東京から、京都、天理、京都、広島、出水《いずみ》、阿久根《あくね》、水俣《みなまた》、熊本、別府、宇佐、別府、神戸、東京という経路で、一週間ほど忙しい旅をした。阿久根からバスで水俣へ向う途中の荒崎という鶴の渡来地の鍋鶴の群や、別府の高崎山の、近頃名物になった野猿の群を見て面白かったが、鶴や猿は「のりもの」ではないから、その話はやめにして、鶴と猿と、自分の仕事上の見物とを別にすると、例によって汽車や電車に大いに興味を持って歩いて来たので、そのことを書こうと思う。

素晴らしかったのは、奈良電鉄（近鉄）の京都奈良間に最近走り始めた特急と、阪神電車元町梅田間にこれも最近走り始めた特急で、とりわけ阪神の特急はよかった。座席はおそらくスポンジを使っているのだろう、私が今まで知っているどの電車のシートよりも坐り心地がよく(国鉄の特別二等車よりも軟い)、震動は少く、速力は正確には分らなかったが、百キロは時々越えていたようで、場所によって百二十キロ近く出ているところもあったかもしれない。三宮大阪間で、阪急より三分早く、国鉄の急行電車と大体同じの所要時間二十五分になった。運転は朝から夕刻まで二十分間隔で、昼間はよく空いている。奈良電の京都奈良間の特急も途中時速百キロに迫るところがあり、所要時間三十五分、東京から奈良へ行くのは「つばめ」を京都で捨てて、この特急に乗るのが、今では一番早い道となった。

関西は並行線が多いから、こういう競争がはげしいのだ。私鉄のこういうサービス振りは、東京では見られないことである。

競争と云えば、国鉄では飛行機に優等客を食われて行く状況に対抗するために、今、東京大阪間六時間、大阪博多間八時間の特急運転を本気で研究し始めているらしい。そうすると、東海道線時速百二十キロ運転が実現するわけで、われわれにはたいへん興味がある。

しかし、国鉄のお役人が、東京大阪間八時間という二十年来の観念を破ることに思い到ったのは、日航というライバルが出てきたお蔭であろう。ところでその日航の方は、海外線で四億何千万円の赤字を出して、この十一月二十五日から、国内線の三沢、名古屋、岩国寄航は経費がかさむというのでやめにしてしまった。海外線の赤字を国内線利用者の不便にしわ寄せしようと思うのは、これも競争相手に乏しい故の、図々しい考えだと思うが、どんなものだろうか。

競争相手がないための悪い例のさらに一つは、国鉄の食堂車である。現在全国の列車で、食堂車を連結しているのは、「つばめ」「はと」「かもめ」「阿蘇」「玄海」「きりしま」「雲仙」「筑紫」「西海」「早鞆」「青葉」「みちのく」「北斗」「十和田」「大雪」「まりも」「洞爺《とうや》」の上り下り三十四本で、北海道のことはよく知らないが、「つばめ」をのぞいては、大部分が日本食堂の経営で、これが実におどろくべきまずい食事を提供してくれる。私は少し前に「はと」の食堂車で、古靴の底を焼いたようなすばらしいビフテキを食わされて、充分にこりているのだが、汽車に興味があるために、したがって食堂車にも興味があり、今度の旅でも「かもめ」と「きりしま」でそれぞれ朝飯を食いに入って——今更わかっていることを腹を立てても仕方がなかったが、とにかく驚いた。オートミールは団子のごとく、ハムエッグスは場末の洋食屋のそれのように、薄汚くて卵が固く、そのまずい食事のあとに、果物と一緒に形どおりフィンガー・ボールが出て来るのは、滑稽というより悲惨な気がした。昔の特急「ふじ」の食堂車の朝飯や、夜行列車の和食の朝飯がいやでも思い出されようというものである。「つばめ」の食堂が帝国ホテルの経営に変ってよくなったという話を聞いていたが、そのせいかどうか満員で、最前部の三等車に乗っていた私は、食堂の予約がとれず、行ってみられなかった。観光日本などという太鼓をたたいていても、たとえばフランスから来た客が、こんな食事を食わされて、もう一度日本の汽車旅を楽しんでみたいと思うかどうか、大概見当がつきそうなものである。

もっともわれわれはフランス人でも英国人でもないありがたさで、駅弁を買うたのしみを知っている。そして大衆はどこの駅の弁当がうまくて、どこの駅のがまずいか、ちゃんと知っているものらしい。多くの人が、時分どきを少し過ぎても、いい駅弁を売っている駅にとまるまではそっと待っているようだ。昔は山陽線では岡山が特によくて、急行が岡山にとまると、弁当売りに客が殺到したものだ。私は目下駅弁の通ではないので、行きあたりばったりに買って食ったが、浜松のうなぎ飯、博多の弁当、いずれもたのしかった。値段にしては小綺麗でおいしく、これは各駅やはり競争で一生懸命なところがあるのだろうと思う。

旅愁というか、ひとり旅で日が暮れかけて、何となく心さみしいような時、人は、通過する土地の人情を、駅弁の味と駅員の感じとから大方推しはかる気持になる。博多の駅で、私はC57の機関車が、煙突の右わきに、「2、3、4、5」と数字を書いた絵本ほどの大きさの妙な板を掲げているのに気がついて、何をするものだろうかと不審に思った。フォームに立っていた年輩のごま塩頭の助役さんに、

「あの、数字を書いた板は何ですか？」と訊いてみると、

「機関車の番号です。」という。（そんなものはわかっている。それのことじゃない。）

「煙が上へ上るようにしてある、あれですか？」

「そうじゃないんです。」

助役は機関車の方へへっぴり腰で走って行った。

汽車マニヤみたいな人間のこういう質問は、駅員にとっては迷惑なものだろう。しかし間もなく列車が発車すると、助役はフォームの端の方で、狸のような眼をして私をさがしていた。

私はデッキに立っていた。助役は走り去るデッキに向って、

「あれは、カーヴの具合ば、見るとじゃなかですか。」と大きな声で博多弁でどなっ

てくれた。

この助役さんの答は残念ながらちがっていた。鳥栖《とす》の駅で機関士から直接たしかめたところでは、その「2、3、4、5」の数字の一マス毎に塗り色がちがっていて、その色に合せて、機関士が煙突から出る黒煙の色の具合を見分けるためのものだということであった。

しかし、博多の助役さんは、親切そうな、一緒におでん屋で酒でも飲んだら面白そうな、いいおじさんのようだった。戦後の博多を私は知らないのだが、駅弁の味とこの助役さんのせいで、今も人情敦厚《とんこう》な町だろうと想像するのである。

（昭和二十九年十二月）

ビジネス特急の走る日――架空車内アナウンス

『皆さん、お待たせしました。この電車は、通称「ビジネス特急」、東海道線一〇一電車、二三等特別急行「こだま一号」大阪行でございます。東京駅定刻七時に発車いたしました。ただ今、新橋を通過しております。これから大阪まで、横浜、名古屋、京都のほかにはとまりませんから、御注意下さい。

私はこの電車の客扱い専務でございます。専務車掌の部屋は、前から五輌目の二等車の大阪寄りにあります。御用の節は、どうか何なりとお申しつけ下さい。

さて、皆さんすでにお気づきのように、このビジネス特急「こだま」一号は、従来の湘南電車や、大垣行の湘南型の準急電車などとは、大分様子が変っております。窓は二重窓になっておりまして、特別の場合のほかは、開きません。すでに速力、大分加わってきておりまして、間もなく品川を通過いたしますと、時速百キロを少し越す予定でございますが、御覧のように、モーターの音も極力抑えて、できるだけ騒音が皆さまのお耳に入らぬように工夫してあります。どうかこの、「静かな超特急」の運行に御協力下さいまして御乗車中、酒に酔って歌をお唱いになるとか、或いは、近所迷惑の大声をお出しになるとか、そういうことは御遠慮下さい。座席のイヤ・ホーンでNHKの第一、及び第二放送が聞けますが、なお御自分の携帯ラジオをお聞きになる方も、必ずイヤ・ホーンを御使用願います。

専務車掌からのお知らせ、食堂からの御案内等の車内アナウンスも、事務的に必要な最少限度にとどめまして、大阪まで、快い静かな御旅行をして頂くように心掛けております。私が、こうしていろいろ申しあげますのは、その方針と、いささか矛盾するのでございますが、本日御乗車の、この「こだま一号」は、東海道線に画期的な、電車の特急の第一号、処女列車というわけでありますので、しばらくお許しを願いまして、このビジネス特急「こだま」について、御説明申し上げたいと思います。

皆さん前々からお馴染《なじ》みの、特別急行「つばめ」号及び「はと」号は、一昨昭和三十一年秋、東京大阪間の電化完成に際しての時刻改正以来、東京と大阪とを七時間半で結ぶことになりましたが、それでも今まで——と申しますのは、つい昨日の十月三十一日までは、東京大阪間を、列車で日帰りをするということは、不可能でありました。日本経済の伸展、飛行機その他交通機関の高速化によりまして、何とか、東京を朝発って、大阪で一と仕事済ませて、その日のうちに東京へ帰って来られるような特急が欲しいという、各方面からの御要望にこたえまして、国鉄当局が約二年間各種の研究と準備とを重ね、こんにち出来上りましたのが、この「こだま」号でございます。

ただ今、大森を通過しております。運転室に行ってみませんと、正確には申し上げられませんが、そろそろ制限いっぱいの、百十キロという速力が出ておる模様であります。今までは、東海道線の最高時速は、九十五キロという線で抑えられておりましたが、本日この「こだま一号」から、それが百十キロまで高められたわけでございます。新聞その他で御承知のように、昨年、東海道線で小田急のSE車という電車を使用致しまして実験しましたところでは、狭軌による世界記録、時速百四十五キロというのを記録しておりまして、この特急電車も、そのSE車や、現在中央線の通勤電車に使われておりますモハ90型というような、高性能の電車を基礎にして設計されましたもので、電車自体の性能と致しましては、百三十とか百四十とかいうスピードが、容易に出せるのでありますが、線路の保守の問題、踏切警報器の問題――現在の設備では、列車があまり早くなりますと、踏切の自動警報器が鳴り出してから列車が通過するまでの時間が、短くなりすぎて甚だ危険であります――そういういろいろな事情から、一応、最高百十キロ、東京大阪間六時間五十分という線で、決定を見たのだそうであります。

この電車の名古屋到着時刻は、十一時二十五分、三分間停車で、十一時二十八分に発車いたします。終点大阪到着は、十三時五十分の予定でございます。所要時間、東京名古屋間四時間二十五分、名古屋大阪間二時間二十二分となっております。なお名古屋駅での、弁当その他のお買物は、停車時分が短いのと、窓が開きませんので、混雑が予想されますから、あらかじめ各車輛のボーイにお申付け下されば、ボーイが、御註文の品を、一括購入して来ることになっております。

それから、これは、私、専務車掌の私見でありますが、この特急電車の運転時分につきましては、東京大阪間六時間に短縮されるのは、ごく近い将来ではないかと、そういうふうに思っております。

本日、大阪からは、これと同時刻の七時、上りの「こだま一号」一〇二電車が発車して、今京都に向けて走っておるはずでございます。皆さんの中には、今日この「こだま一号」で大阪御到着の上、早速要務を果されまして、午後の上り「こだま二号」で御帰京の予定の方も、大勢いらっしゃることと思います。「こだま二号」一〇四電車の発車時刻は、十六時三十分──四時半でございますから、どうか、お乗り遅れのないように願います。同時に、東京駅からも、一〇三電車、下り「こだま二号」が発車するわけでございます。「こだま二号」の終点到着は、上り下りともそれぞれ二十三時二十分──午後十一時二十分となっております。日帰りの方は、大阪にて、二時間四十分の余裕がございます。その間、只今お乗車のこの電車が、一旦宮原電車区に入りまして、お掃除を済ませまして、それから十六時三十分発の上り「こだま二号」になるわけであります。名古屋大阪方面電話の御用がございましたら、短波無線電話の設備がございますから、お申出下さい。

この電車の定員は、三等三百二十八人、二等百四人で合計四百三十二人、当「こだま一号」、本日、名古屋まで、二、三等とも満員でございます。しかし、座席は、二等車、三等車とも、従来のものより、ずっと坐り心地がよく出来ているはずでございますから、どうぞ、ゆっくりおくつろぎ下さい。二、三等とも、椅子は廻転式になっておりまして、全部進行方向に向いております。御家族づれの方などで、必要がありましたら、座席の下のボタンを、足で押さえて頂けば、椅子が廻転して、向い合いの席を作ることができます。

特にこの「こだま」号の三等車は、今までの三等車より、格段によくなっておりまして、東海道山陽線などで使っております、二等車オロ35型にくらべて、座席の前後が四センチばかりつまっております以外、あまり遜色がないと存じます。二等車は、最新型の特別二等車ナロ11型とほぼ同じで、前の席の背に、ポケットがついておりますから、どうか御利用下さい。無論リクライニング・シートになっております。

電車の外側の色彩は、濃いクリーム色に、深紅の帯の入った、国鉄としては非常にモダンなものでありますが、本日一番に御乗車のお客さん、如何でしょうか? 国鉄本社では、この「こだま」号のサービスについての各種の御意見とともに、電車の色彩につきましても、是非乗客の皆さまの声を聞きたいという希望を持っておりますから、どうか御意見をお寄せ下さい。用紙は、専務車掌室にありますから、取りに来て下さい。

間もなく横浜に到着いたします。横浜から名古屋まで、途中の駅には停りません。

ええ……、ちょっとお待ち下さい。

ええ、……只今、早速御意見を頂戴いたしました。「人の意見を聞くのに、用紙を取りに来いとは何事か、それだから国鉄は官僚的だと云われるのだ。」というご意見であります。まことに失礼いたしました。ええ、……上司の方から、そういうふうに云われていたものですから……。これからは、各車輛に、皆さまの声を記入していただく用紙と箱とを取りつけるように致したいと思います。しかしこれは、部内各方面、ずっと書類が廻りまして、えらい方のハンコを沢山頂きまして、決済が下りませんと、実現致しませんので、それでは、さしあたり、当分、私が車内で用紙を配って歩きますから、どうか御意見をお寄せ下さい。のちほど配って歩きます。

ええ、……また、御意見が参りました。本日東京発車直前、東京駅の係員が、「こだま一号は十二番線から出る」と申し上げたそうです。ちがっていたので、急いで駈け下りて、係員に不服を申されたところ、「小父さん、文句云ってるより、急がないと、乗り遅れるぜ。」と駅員が云いましたそうで、どうもまことに、重ね重ね申し訳ありません。「こだま」号は、東京十五番線から発車でございますから、どうか御注意下さい。

六号車で、二重窓がしまっているにも拘わらず、スキ間風が入って寒いところがあるそうです。軽量電車のため、こういうことが起るようです。のちほどすぐ見に参りまして、関係方面上司へ報告いたします。スキ間風の入る二重窓とは何事か、という御意見、まことにごもっともであります。

もう一つ、せっかく寝ようと思っているのに、専務車掌の放送が煩《うるさ》くて、寝られない、早くやめろという御意見です。いま少し申し上げてすぐやめます。

それでは、この電車の編成について、簡単に申し上げて置きます。一号車が、運転室のついた三等車で、定員五十六人、二号車が、普通三等車で、定員六十八人、三号車は、三等車の座席が四十人分、三号車のあと半分は、簡易食堂──「スナック・バー」となっております。この特急電車に、正式の食堂車がついて居りませんのは、「ビジネス特急」で、お客さまは、大体急ぎの用事で、気軽に東京大阪間を往復なさろうという方が多い、観光列車という意味は少い、という見地からと、もうひとつ、停車駅が少いため、水の補給がむずかしく、食器等も充分洗うことができない恐れがありますので、紙コップなど使いまして、軽食と簡単な飲み物だけを差し上げる「スナック・バー」の形式を採用したわけであります。食堂の経営につきましては、従来多くの列車の列車食堂が、「日本食堂」によってほとんど独占されてきましたため、高くてまずいという御不平が非常に多かったので、「こだま」号の「スナック・バー」は、東京銀座の△△屋と、大阪北浜の○○堂とが、競争で経営することになっております。本編成「こだま一号」は大阪○○堂の食堂であります。次に、五号車は、二等車で、それぞれ定員五十二人であります。五号車からうしろは、只今申し上げました逆の形になっておりまして、全部で八輛編成、八号車の後尾がまた運転室で、最後尾になった場合は、ここに運転車掌が乗り込んでおります。

すでに御覧になりましたように、運転室は、今までの電車とちがい、一段高く、周囲を見下ろすような位置に設けられておりまして、見通しが非常によくなり、運転が楽になっておるようであります。

この特急電車は、大体イタリヤの「ベスビアス特急」という特急電車などをお手本にしましたものだそうでして、それに我国独自の要素を加えてありますそうで、やがて外国の旅行案内などにも、日本の「特急コダマ」というのが記載されて、世界中にその名を知られるようになるものと存じます。

二重窓にしてありますのは、この特急電車が最も誇りにしておる、全車輛完全冷暖房が実施されているからであります。本日は十一月の初めにしては、妙に寒い日でございますが、適度に暖められましたやわらかい風が、皆さまのお席のまわりを静かに循環しております。この「こだま」号は、夏は非常に涼しい、快適な特急になるはずで、現在「つばめ」も「はと」も、従来通りのダイヤで運転を続けておりますが、夏になると、「こだま」号ばかり繁昌致しまして、「つばめ」や「はと」に乗るお客さんは、激減するかもしれません。国鉄では、「こだま」号の成績と、皆様からの御意見とを見ました上で、いずれ「つばめ」と「はと」も、電車化の方向へ踏み切るだろうというふうに、私、聞いております。

さしあたり「こだま」号は、二編成で東京大阪間を二往復し、一編成は4M4Tと申しまして、電動車四輛、客車四輛で出来ております。あと一編成、間もなく予備のものが出来るはずですが、今まで「つばめ」と「はと」と、四編成で二往復しておりましたのに較べて、列車の運用上ずっと経済的になっております。もっとも、そのために、特急料金値下げというようなことは、多分行われませんでしょう。いや、もしかすると、また値上げがあるのではないかと、私ども直接乗客の皆さまのお叱言を聞く立場にある者は、実はヒヤヒヤしております。

なお、ついでながら、去る十月一日から、東京博多間の特急「あさかぜ」号が、全く新しい姿で走っております。これは、従来の、客車一台ずつをつなぎ合せて、一本の列車を編成したものとちがいまして、初めから「あさかぜ」号用に、全列車一本の形に設計されましたもので、機関車の直後に、機械室と荷物室と半々になった車が一台ついておりまして、ここに列車の冷房、暖房、その他電気関係等、必要な装置が全部備わっております。そのあと、二等寝台車が三輛、特別二等車と食堂車が一輛ずつ、三等寝台車が五輛、最後尾一輛が普通三等車で、一番うしろのところには、非常にスマートな形で、「あさかぜ」のマークがはめ込みになっております。この「こだま」号と同様、窓は全部二重窓で、完全なエア・コンディショニングが施されております。国鉄と致しましては、ヨーロッパの国際列車級の列車として、このビジネス特急と共に、日本の列車を代表するものと自負しておるデラックス特急でございます。

国鉄では、また、懸案でありました東北特急青森行「初雁《はつかり》」号、及び鹿児島行特急「はやぶさ」号も去る十月一日から運転を開始致しております。東北線に特急が走るのは、これは国鉄始まって以来のことであり、また鹿児島行の特急も、戦後初めてであります。どうかいろいろ御意見をお寄せ下さるようにお願い致します。

大変長らくお邪魔致しました。それではこれで「こだま」号についての御案内を終ります。毎度御面倒様でございますが、只今から、乗車券並びに特急券を拝見させて頂きます。』

（昭和三十二年十月）

日米汽車くらべ

国鉄の表看板の東海道線について、諸外国の表看板、乃至最優秀の鉄道路線と比較しながら書けというのが『旅』の編集部の註文である。たしかに東海道線は日本国有鉄道の最優秀路線であり、表看板である。日本中の優秀列車はほとんどこの線に集中しており、運行回数はすこぶる頻繁である。湘南電車と横須賀線とをふくめた東京駅の一日の列車発着数は約二百五十本で、朝四時五十五分大阪から到着する普通列車を皮切りに、夜十一時五十二分発の横須賀線の終電車まで、大ざっぱに云って約四分半に一本の割で列車が出入りしている。これは中央線や京浜東北線のいわゆる国電と、荷物専用列車の発着とは別にしての話であり、東海道線を走る貨物列車は東京駅に発着しないから、これも無論別である。こんないそがしい駅、いそがしい線は、世界中のどこにもない。鶴見、東神奈川あたりの踏切で、よく遮断機を開けているひまがあるものだと思われるくらいのものだ。したがって、東海道線にくらべ得るような外国の鉄道線を挙げようと思っても、私の知っている範囲ではそんなものはないといっていい。

ちょっと考えるとニューヨーク・ワシントン間の線などが東海道線に似たものと考えられるかもしれないが、このアメリカの二つの重要都市を結んでいるペンシルヴァニア鉄道及びバルティモア・アンド・オハイオ鉄道、いずれも一時間乃至二時間に一本ぐらいの割で旅客列車が出ているだけで、しかもその列車はアメリカの鉄道を代表するような優秀列車とは云えない。一般的に云ってアメリカの鉄道は西部の方が新しく美しく設備もよく、東部のそれは概して古くて汚い。強いて云えばアメリカを代表する鉄道路線と列車とは西岸のサンフランシスコ及びロサンゼルスを基点とする大陸横断の数本の線とそれを走っている「スーパー・チーフ」、「エル・カピタン」、「カリフォルニヤ・ゼファー」等の急行列車ということになろう。要するに一級鉄道会社だけでも百以上を数えるアメリカでは、それぞれの会社の看板ライン、看板列車はあろうが、国全体として東海道線に類するようなものは無いというのが正しいのではないかと思う。

ヨーロッパでは、代表的な鉄道線と列車と云えば、むしろ国際線に重きをおくことになるだろう。ロンドン・パリ間を結ぶ「ゴールデン・アロウ」号とか、パリから鉄のカーテン内の国々を通ってイスタンブールに至る「シンプロン・オリエント・エクスプレス」とかいう国際列車が、私たちが東海道線の「つばめ」や「はと」を思い浮かべるように、ヨーロッパの人々の頭に自然に思い浮かぶ代表的な列車の名前ではないかと思う。

東海道線も、戦前は多少国際線の趣があった。「つばめ」「かもめ」（現在の「はと」にあたる）の二本の特急をはじめ、多くの急行列車は神戸が終着で、そこからヨーロッパ航路の客船や、大連、上海、台湾の基隆《キイルン》に至る定期船に連絡する意味を持っていた。戦後も東海道線が東京神戸間であることに変りはないが、日本の欧洲向け客船は皆無となり、大連、上海、基隆等との海上旅客運輸もほとんど全く閉ざされた形になったので、特急も急行も神戸まで足を延ばすのをはし折ってみな大阪止まりになってしまった。山陽九州方面直通列車は別として、神戸終着の急行列車は「銀河」が一本あるだけである。つまり、多少はあった国際線の意味をすべて失って、戦後東海道線は完全な国内線になったということが云えよう。無論、東海道線以外にも国鉄には国際線的性格を持った線は現在一つもなく、かつての長崎行特急「ふじ」や神戸行特急「つばめ」が果していた役割は、もっぱら羽田空港にいるタクシーとバスが引き受けているというのが現状である。

しかも、これ以上増発が困難なほど列車を走らせながら、なお且つ始終立ちん坊が出る今日の東海道線の、世界に類のないこの繁昌ぶりは何が原因だろう。第一には、云うまでもなく、日本の人口密度の高いこと、そしてその人口が集中した東京、大阪及び横浜、名古屋、京都、神戸のいわゆる六大都市を全部沿線に持っていることである。たとえて云えば、ニューヨークとワシントンとフィラデルフィアとシカゴとロサンゼルスとサンフランシスコとをべたべたと並べてそれを一線に結んで、列車を走らせているようなものだ。第二には、鉄路の東海道の方は、世界に出してそれ程の遜色はないのに、道路の東海道は名だたる悪路で、東京大阪間六〇〇キロの乗用車またはバスの旅は、面白半分ならともかく、実用には全然ならない。国内空路は未だ一般旅客の財布とは折合いが合わないから、大阪まで一日四往復、列車一本分の半分にも足りない人数しか運んでいない。それ以外の旅行者はすべて国鉄に集中するわけである。

こういうやや特異な性格を持った東海道線の列車設備その他を、アメリカの大陸横断列車やヨーロッパの国際列車のそれと比較して無闇に優劣を論じてみても実はあんまり意味が無い。汽車好きの人間としては、世界的水準の豪華列車を夢想するのは楽しいが、今の日本の国力と国民の生活水準とを考えれば、まずは満足すべき現状ということになろう。もっとも運営のし方一つで、別に金を使わずに改良できることもある。そういう点はどしどし改良したらいいだろうと思う。それらのことを、あれこれ取りまぜて以下、一つずつ書いてみよう。

昨年から東海道線百二十キロ運転が実現しそうな話があったが、沙汰やみになった。技術陣から安全運転の自信が持てないという意見が出たためだと聞いている。それで東海道線の最高制限時速は九十五キロで抑えられたままである。これは「つばめ」や「はと」が一番早く走っている時に時速九十五で走っているということであって、世界の水準からはかなり低い。アメリカのサンタ・フェ鉄道の「スーパー・チーフ」号の最高制限は百二十マイル（約百九十キロ）であり、パリ・ジュネーヴ間で私が乗った列車も、時速百四十キロは始終出していた。

国鉄が狭軌だという甚だ割の悪いハンディキャップがあるため、致し方ないが、できるだけ早く東京大阪間六時間運転を実現して欲しいところである。何故かというと、現在東海道線利用客の過半数は事務出張、商用等でこの二つの都市を往復している人々で、今日の世界の乗り物の速度の常識から云って、東京大阪間はまる一日を費して行く程の距離ではない。どうしても日帰りが可能であるべきで、特急が六時間以内になれば、東京を七時に出て大阪へ午後一時に着き、仕事を済ませて五時に大阪を立ち、夜十一時に東京へ帰って来られる。東海道線全線電化を機会に、特急は二十三年ぶりに東京大阪間三十分の短縮をして、七時間半で走るようになったが、これは最高速度を抑えたまま、あちらで十五秒、こちらで三十秒とこまぎれ式に時間を削った少々いじらしいスピード・アップで、そのために余裕が全然ない。

「はと」は熱海と静岡で東京の夕刊新聞を下ろすのだが、静岡では二分間の停車で約四百五十箇の新聞の包みを荷物車から抛り出さなくてはならない。相当無理な作業で、だから「はと」はいつも少し遅れ勝ちである。しかも余裕がないため遅れたら取り返しが非常に困難になる。列車の機関士はタクシーの運転手とちがうから、遅れたら勝手に百キロでも、百二十キロでも出すというわけにはゆかない。そして東海道線のような列車の運行回数の多い線では、遅延は大事故の原因になる恐れが充分にある。

あるアメリカ人で、「鉄道沿線で世界中で一番美しいのは、東京大阪間の景色だ」と云っていた人がある。そうかもしれない。早川、根府川、熱海あたりの海、由比《ゆい》、興津《おきつ》の海、富士山、浜名湖、近江路《おうみじ》の景色、京都の竹藪と、変化に富んでいてたしかに美しい風景だ。外国人の観光客で、日本へ来て東海道線に一度も乗らない人は少いだろう。観光客へのサーヴィスということになると、現在の展望車よりもむしろ、アメリカ式の二階建て天井総ガラスのドーム・カーが出来ればそれに越したことはない。せめて客車の窓だけでももっと広くなった方がいい。今度新しく「つばめ」と「はと」に連結された「オシ17」という型の食堂車は、その点よく出来ていて、明るく、景色もよく見えて気持がいい。

また、「つばめ」と「はと」は昨年の時刻改正から列車全部が緑色の塗装に変った。これをひいているＥＦ58型電気機関車は、緑色の車体の裾に黄色の線があり、腹には銀色の曲線が入っていて、形といい色の配合といい、見た目だけなら世界のどこに出しても恥かしくない美しい機関車だが、そのあと十三輛の客車が、べったりと、ただ緑一色なのは少し感心しない。もう少し工夫がありそうなものだと思う。

寝台車は二等寝台のAというのが、アメリカのプルマンの寝台車、または欧洲のワゴン・リーの寝台車にほぼ匹敵するもので、それ以外は、その標準以下であるが、日本では何昼夜も利用するわけではなし、現状で充分だろうと思われる。ただ外国人の立場から考えると、夫婦で鍵をかけて閉じこもるというわけにゆかないので、列車内のプライヴァシーの無さに当惑するかもしれない。三等寝台車は十数年ぶりの復活で、私どもには大変ありがたい。

始発駅に列車を入れる前に客車区でやる発車点検は、なかなか厳重なもので、大ていの列車は美しく磨かれて掃除が行き届いてぴかぴかになって入って来る。世界にも珍しいくらい綺麗にされて来るのだが、これが数時間を出でずして、弁当殻、蜜柑の皮、新聞紙等で目もあてられぬほど汚くなるのも亦、世界にちょっと類がないかもしれない。汽車に乗って駅弁を食い蜜柑をむくのは、私たち日本人の長年習慣になっている楽しみの一つだから、なかなかやめられそうもない。それで大きな屑箱を各列車に普及すべきだと思う。屑箱の備えがないため、心ならずも通路や腰掛けの下に食いかすを散らかすという人も少くはないのである。

それから混んだ三等車に乗ると、濛々《もうもう》として煙草の煙で電灯までかすんでいることがある。旅客の中には愛煙家もいるが、煙草の煙の苦しい人もいるし、子供もいる。アメリカ流に一々喫煙室が設けられればいいが、それはむずかしかろうから、ヨーロッパの列車の真似をして、喫煙車と禁煙車との区別をしたら、どうであろう。一号車、三号車、五号車は喫煙車、二号車、四号車は禁煙車というふうに指定するのである。これなら費用は全然要らない。煙草のきらいな人が、旅行中ずっと隣の男のむやみにふかす安煙草の匂いを我慢しなくてはならぬという、今の国鉄の状況は甚だ不合理だ。

先日東京急行のある線に乗って驚いた。「次は何処々々でございます。次は何処。お出口右側に変ります。次は何処々々でございます。本日はお忘物が非常に多いので御注意願います。」それから「多摩川園では只今……」と自分の所の遊園地の宣伝を始める。駅の間が短いからそれが終った頃はもう何処々々駅で、また「お待たせ致しました。何処々々、何処々々でございます。何処々々」と、要するに車掌は調子の悪いスピーカーを通してのべつ幕なしにしゃべり通しなのだ。東海道線の駅と列車とではこの点ずいぶんよくなった。必要以外のことをむやみにアナウンスして客の神経を苛立《いらだ》たせるようなことは少くなった。それでも、「お待たせ致しました。特急『はと』号大阪行、間もなく発車でございます。特急『はと』号発車でございます。お見送りの方は一歩下って下さい。」（ここでベルが鳴り止む。）「長らくお待ちどお様でございました。『はと』号発車いたします。次は静岡、静岡でございます。次は静岡」（熱海駅所見）という程度にはやっている。二分の停車に「長らくお待たせ」ということはないだろう。ああいうアナウンスで実際どれだけ客が便宜を得ているか、乃至は不愉快を感じているか、調査したことがあるのだろうか？　無ければ一度よく調べて、必要のないことは一切云わないことにしたらいいと思う。そして不馴《ふな》れな客のためには駅の案内所を充実して便宜をはかるのが本当である。駅の案内所というのは大てい実に不愛想且つ不親切極まるもので、ここで木で鼻をくくったような応待をしておきながら、フォームと車内のスピーカーで騒々しく千篇一律《せんぺんいちりつ》に、「お待たせいたしました」だの、「ありがとうございます」だのと放送しつづけるのはサーヴィスの本末顚倒というものである。

（昭和三十二年一月）

アメリカとヨーロッパの列車

アメリカで、私が最初に列車に乗ったのは、カリフォルニヤ州サリナスから、サンフランシスコまで、サザン・パシフィック鉄道の第九十九列車「コースト・デイライト」号という列車であるが、その時私は、甚だ物足らない思いをした。もともと汽車が好きで、外国旅行の最大の楽しみの一つは、諸国の汽車に乗ることであったから、さてどんなことに相成るかと思っていると、黒い服を着た、肥った、なかなか威厳のある車掌が、時計を片手にぶらぶらプラットフォームを歩きながら「御乗車願います」というようなことをいう。

間もなく、何となくドアがしまり、時刻が来ると、列車は何となくあっさり動き出していた。発車合図のベルも鳴らなければ、スピーカーのアナウンスも無いし、「ピー」とも「ポオ」ともいわない。そして、動き出したとなると客車内は夏冬問わず完全なエア・コンディショニングがしてあるので、窓は二重窓で、「駅弁二ツ！」というわけには行かない。大体そんな物は売っていない。消音装置がしてあって、車輪がレールの継ぎ目を越える「カタタンタン」というあの音が全然聞えない。様子を見てやろうと、デッキに出ると、黒人のボーイが「危険だから席に坐っていてくれ」といって叱る。車内のドアは、フェザー・タッチと称して、把手にちょっとさわってやれば、自動式に、向うで勝手に開いてしまう。車内は、概ね爺さん婆さんの客ばかりで、それもガランと空いていて、活気の無いこと甚しく、要するに汽車に乗ったような感じが全然しなくて、感心するよりも、物足らない気がして仕方がなかったのである。スピードもそんなに速くない。もっともこれは、騒音と動揺とが少いため、実際より遅く感じるのでもあるらしい。現在、私の手許にある資料を見ると、アメリカの有名列車の平均時速は、一二〇キロから一三五キロぐらいであるから、本当はやはり国鉄より大分早い。（「つばめ」や「はと」の平均時速は八〇キロ以下。）最高速度の方は、アメリカ全国百何十もの鉄道会社の中ではどんなのがあるか、あまりはっきりしないが、大体一九〇キロ程度ではないかと思う。（「つばめ」「はと」の最高制限は時速九五キロ。）

とにかく、私の頭の中にあった日本流の汽車旅の概念とは大分ちがっていた。大体私たちは「旅行する」といえば、普通「どこの駅からどの汽車で？」ということになるのだが、アメリカで「旅行する」といっても、それは自動車旅行か、バスの旅か、飛行機で飛ぶのか、それとも汽車でのんびり行くのか、分らない。列車の旅は、概ね老人、子供乃至は金と暇のある連中のすることで、早くて安上りにというなら飛ぶことだし、愉快に自由にというなら自動車でということになる。それでもそういうことが、実地に少し分ってくるようになると、アメリカの汽車も物足らない気はしなくなって、次第にその設備のよさに感心するようになった。

機関車は、蒸汽機関車も電気機関車もあるが、最もアメリカの特長を示しているものは、全国にわたって極めて数の多い、ディーゼル機関車である。ディーゼルといっても、ディーゼル機関で発電機を廻して、その自家発電した電気で走っている一種の電気機関車で、正確にはディーゼル・エレクトリックという。したがって図体は大きく、国鉄の貨物用電気機関車ＥＨ10型のように、二輛または三輛つなぎ合わせたかたちで、一組の機関車が出来ている。

等級は二階級制で、一等は長距離列車ではほとんどプルマンの寝台車、庶民クラスの方は「コーチ」または「チェア・カー」と称する椅子席で、大体国鉄の一番新しい特別二等車ナロ10または11型を想像すればいい。これが二等といえば二等、三等といえば三等である。

こういうアメリカの列車にも大分親しんでから、さて大西洋を渡って英国に着いてみてなつかしかったのは、蒸汽機関車の汽笛と煤煙の匂い、そして「カタカタン、カタカタン」というレールの響きであった。英国の列車は、そのお国柄で総じて極めて古風で、機関車も客車も、日本の大正時代のそれをよく磨いて保存して使っているような感じだと思えば、間違いはない。その他、フランス、スイス、オーストリー、イタリーと、ヨーロッパの鉄道も様々であるが、(ドイツと北欧は私は知らないが、)少くともスピードの点では、決してアメリカに負けていないし、フランスなどむしろアメリカ以上だが、設備はアメリカにくらべて大分落ちる。ロンドン・パリ間を結ぶ、由緒ある欧洲一の豪華列車「ゴールデン・アロウ」号なども、けちをつければ、肘かけ椅子とか、絨氈《じゅうたん》とか、汚れが目立って、多少「豪華のなれの果て」の感じがあった。

しかし、振出しの日本へ帰って来てみたら、日本の鉄道で最も印象的なのは、めちゃくちゃに乗客が多いことと、車内が食べ物の滓《かす》だらけであることであった。

（昭和三十三年三月）

汽車のアルバム

私の住んでいた町の駅に、新しい客車をつないだ急行列車が到着したり、近くの線に新しい気動車が走り始めたりすると、私は子供の頃大ていい見に行ったものである。今でも、その頃の機関車の形ははっきりと眼に浮かぶし、C51とかC53（これらが、当時の代表的な蒸汽機関車であったが）とかいう形式番号も憶えている。今「つばめ」の列車番号になっている一列車が、昔の特急「富士」で、今の急行「なにわ」の十一列車が、昔の「つばめ」であったというようなことも、憶えている。

汽車が好きだという気持は、汽車の好きでない人には、どういうふうに説明したらいいか分らないが、機械の持つ正確さと美しさとに対する愛着または驚異。油の光、鋼鉄の色、スピード感。精巧なおもちゃを見る感じ。ブレーキの焼ける匂い、旅の情緒。こういうふうに並べ立ててみたら、どれか少しぐらいあたっていて頷いてもらえるかもしれない。大きくなって——というより、いい齢になっても、あんまり、それは変らないようで、東京の丸の内線の地下鉄が開通したと云えば、朝の五時半から、お茶の水の駅へ乗りに行ってみたりすることもある。

しかし、鉄道友の会あたりの、骨の髄からのマニヤには、とても敵《かな》わない。あの連中の中には、本当の汽車気違いがいる。友の会の会員かどうかは分らないが、毎晩、枕もとに交通公社発行の時刻表を置いて寝る人が、実際にいるのも、私は知っている。夜半、眼ざめれば、腕時計を見て、

「〇時四十二分だな。そうすると、下りの『雲仙』三十三列車は今、糸崎に停車中で、三十四列車、上り『雲仙』は、徳山柳井間を走っている。」そういうことを調べたり考えたり、そして夜中の糸崎駅の光景や、C59がチョコレート色の煤煙《ばいえん》を闇の中に噴き上げながら、大畠《おおばたけ》の瀬戸のあたりを東へ驀進《ばくしん》している姿などを想い浮かべて、それで安心してまた眠るのだそうである。

私のは、素人にしてはよく知っていて、素人にしては好きな方、という程度に過ぎない。ただ、ものを書くのが商売になっている関係上、雑誌『旅』の編集部などで、

変な企画を思いつくと、狩り出されていろいろなことをさせられたことはある。特急「はと」の機関車にも乗ったし、東海道線の夜行の急行「銀河」の専務車掌に化けて、車掌の服を着て神戸まで行ったこともある。無論、練達の本物の専務車掌と同道であったが、私の不馴れ、手落ちのために国鉄に投書が行ったりしては悪いと思うから、服装は厳正、物腰はやわらかく、私は夜中じゅうサービスこれ努めた。その結果、最も印象的であったのは、何をしてやっても、「ありがとう」という言葉を口に出す人は、十人に一人といないということであった。本職ほど修養ができていないから、少々腹に据えかねて、

「これで、よろしゅうございましょうか?」などと、親切の念押しをすると、ニヤッと笑って横を向いたりする。

それでも、大いに楽しかった。雑誌の記事にするような変った出来事などは、何も無かったが、楽しかった。途中の駅で、走り始めた列車のデッキに立っていると、駅手や助役が、ランプを振りながら敬礼をしてくれる。私の方も、走り去りながら、「失敬」をするのだが、その瞬間、大てい、

「アレ?」という不審そうな表情で、顔を見られた。

一番憂鬱な思いをしたのは、また別のそんなことをやった時の写真（汽車と一緒の写真）を雑誌で見たらしい、地方の哲学青年のような読者から、「もっと真面目になれ。汽車など見て、何が面白いか。」という手紙をもらった時であった。この手紙は、捨ててしまったから全文引用はできないが、興味があると云えば相当興味のある手紙で、我国の学術文化政治のことを、度の強い近眼鏡の奥から懸命に見つめているような人の中に、時々こういうタイプの人があるらしい。

しかし、私が残念であったのは、「真面目に」なれないことではなくて、外国の鉄道を一つも見ていないことであった。戦前の、満鉄の「あじあ」とか「はと」とか、朝鮮鉄道の「ひかり」とか「のぞみ」とか以外、西欧の汽車はそれまで一つも知らなかった。

そういう次第なので、「銀河」の乗客専務に化けた時から暫くして、夫婦で一年間外国へ行って来るという話が決まった時、私は、これはありがたいことになってきたと、自然に頰《ほほ》の辺に笑いが浮かんできて仕方がなかったのである。

私はしかし、鉄道の視察に行かせてもらうわけではなかったから、「外遊の抱負は？」などと訊かれて、

「汽車を見ることです。」とも云えないので、成るべく黙っていたけれども、その時の、その方面の収穫が、全部カラー・スライドになって、現在、ベークライト製のマガジンの中に納めて茶箱にしまってある。写真雑誌のデータ風に書けば、カメラはニコンS2、レンズはニッコール一・四、50ミリ、フィルムはすべてコダクローム。夜中にこれを壁に映して、独りで眺めていると、いろいろ思い出すことがある。その、私の汽車のアルバムの中から、何枚かを引き抜いて紹介することにしよう。

「コースト・デイライト」号

　片側砂山の、白っぽい風景の中に、大きな客車が三輛写っている写真。画面に妙な光があるのは、バスの中から写したので、バスのフロント・グラスの反射だ。バスのワイパアも、黒く、一本写っている。尻に丸みを持った最後尾の一輛は、パーラー・カーと称する展望車で、この写真の場所は、ロサンゼルス北方の、カリフォルニヤの海岸。列車はサザン・パシフィック鉄道の「コースト・デイライト」号。ロサンゼルスとサンフランシスコとを結ぶ昼間の急行列車だ。列車番号は九十九列車。

　アメリカで、私が走っている列車をカメラに収めた、これが最初の写真であった。

その日、私たちは、ガダループという所の、日系一世の経営する大きな農場を見学に行くことになって、そこが列車の便の悪い所なので、ロサンゼルスから、グレイハウンド・バス会社のバスで出かけた。

ホリウッド、サンタ・モニカを過ぎ、なだらかな、まるい緑の丘の連なる風景の中を通り、バスは南カリフォルニヤの、海岸線に沿う平坦《へいたん》な道を北へ向って走っていた。

腕時計を見ながら、私は、

「もうすぐ、このバスが、サンフランシスコ行の列車に追いつくんだよ。」と、家人に向って云った。ロサンゼルス出発後、一時間半ぐらいの時である。

アメリカ合衆国の鉄道は、アラスカ以外はすべて民営で、一級鉄道会社だけで、百十何社あり、その全営業キロ数は、世界の鉄道の約三分の一を占めているが、各線別に見れば、列車の本数は極く少いので、鉄道線路があっても、そういつも汽車が見られるとは限らない。北行きのバスで、同じ北行きの、「コースト・デイライト」のような旅客列車に逢えるというのは、少くとも私にとっては、貴重なことである。バスの時刻表と、サザン・パシフィックの時刻表とを照らし合わせて見ながら、私は、「あと、十分以内のはずだ。」と云った。汽車に興味の無い家人は、また始まったというような顔をしていた。

「僕は、英語はできないが、こういうことは、このバスの中に四十人も五十人もアメリカ人が乗っていても、誰も知らないんだぜ。」と、また私は云った。もっとも、英語のよく分らないことでは、汽車旅の上にも痛い経験をしたが、それは後の話である。

予告通り、やがて道路と並行する単線の鉄路の上に、遠く、赤塗りの、大きな長い、西洋菓子のような列車が、きらりと見えてきた。よく整備されたハイウェイを、時速百キロ以上で疾走しているバスは、見る見るその列車に追いついて行った。私は、運転手席の横で、カメラを構え、シャッターを切った。

バスは列車と並行し、追い抜いて先へ出たが、一旦引き離してから、或る地点を過ぎたところで、スピードを上げた「コースト・デイライト」に、今度は逆にまた追い抜かれてしまった。

この「コースト・デイライト」号の写真は、その翌日、もっと念入りに沢山撮った。それは、私たちが、農場の見学を済ませて、サリナスの駅からサンフランシスコまで、翌日のこの列車に乗ったからである。そして、これがやはり、私の乗った最初のアメリカの列車であった。初恋の相手のようなもので、「コースト・デイライト」のことは、私には忘れられない。

話がそれるが、私がそこで初めて汽車に乗ったサリナスの町は、昨年ペン大会で日本へ来たジョン・スタインベックの故郷である。彼の『エデンの東』や『ハツカ鼠と人間』等の作品の舞台である。町の周辺は、レタスやブロッコリの畑が続く一面の美しい沃野だ。スタインベックの小説の日本語訳を読むと、よく「サリナスの谷間」という言葉が出てくるが、谷間などはどこにも無い。「サリナス・ヴァレイ」という原語は、「サリナス川の流域」という意味か、「サリナス平野」という意味か、とにかく「谷」という日本語の感じとは、全く違っている。サリナスの駅は、まず高崎線熊谷の駅か、東海道線なら国府津の駅かという程度の、小さな駅で、構内の信号機も、日本なら幹線ではあまり見られなくなった腕木式シグナルであった。

フォームは低く、そこへ、機関車から展望車まで、赤とレモンイエロウとに塗り分けた巨大な列車が、ゆっくり入って来る。機関車は、ディーゼル・エレクトリックと云って、国鉄にも最近誕生したが、重油を焚《た》いて、ディーゼル・エンジンで電気を起して、その自家発電の電気でモーターを廻して走る型の機関車で、真昼のカリフォルニヤの陽光の中を、ヘッド・ライトをともして入って来る。

停車すると、出入口のステップの下に、黒人のボーイが踏み台を置いてくれて、それに足をかけて車内へ入るという、お客が少くなければとてもできないような、のんびりしたことをしている。手荷物は、これも黒人のボーイが、昇降口の横の四角い扉を開けて抛り込み、ボタンを押すと、車内の小さなエレベーターが動いて、順々に給仕室の前の手荷物置場へ上って行ってしまう。

物足らないのは、発車時刻が来ても、ベルも鳴らさない、笛も吹かない、警笛も吹鳴しない、スピーカーのアナウンスもやらない。列車は勝手にのこのこ動き出すので、油断がならない。それから、窓が二重窓で、完全換気冷暖房のために、窓を開けることができない。駅弁も売っていない。消音装置がよくできているために、車輪の響《ひびき》が無いので、自動車で走っているのと同じようで、列車がポイントを割って行く音の情緒などというものが全然ない。そのために、私は待望の汽車に初めて乗って、少しだまされているような気がし、その感じは、サンフランシスコへ着くまでとうとう消えなかった。

客車の外側には、「チェア」と、白く記してある。つまり、コーチ・クラス、三等車（？）の意味で、座席は、国鉄の特別二等車と同じリクライニング・シートで、乗客はまばらであった。米国では、自動車とバスと飛行機とに客を喰われて、鉄道はいずれも斜陽産業になっているという話である。

このサザン・パシフィック鉄道にも、「コースト・デイライト」号の他にも、その後私はたびたび厄介になった。サザン・パシフィック、略称ＳＰは、オレゴン州ポートランドから、オークランド、サンフランシスコ、ロサンゼルスを経て、南部のヒューストン、ニュー・オルリンズまで至る線をメイン・ラインにしている大きな鉄道会社で、アメリカの鉄道ファンたちには、ごく友好的、協力的な会社として評判がいいのだそうである。

「カスケード」の車掌

艶のあるグレイの大きな長い車体に、窓六つ、つまり窓の少い、窓と窓の間隔の広い立派な寝台車の写真。

窓ガラスの向うに、コンパートメントの寝室の緑の塗り色が見える。車輌の横腹には、オレンジ色の文字が、「カスケード」と読める。カスケードは、北カリフォルニヤからカナダへつらなる山脈の名前だ。これは、オレゴン州ポートランドからオークランドまでの夜行列車で、間もなく終着オークランド駅到着という途中駅の、朝の光の中で写したものである。会社は、やはりサザン・パシフィック鉄道。

ただし、私はこの寝台車に乗ったわけではない。私の乗った客車は、この写真よりもっとずっと後の方の、例の椅子席だ。

ひがんで云うわけではないが、日本からの貧乏学者や留学生が、アメリカで、プルマンのルーメットやベッド・ルームを予約するのは、どちらかと云えば野暮天の旅行下手というものであろう。一流の夜行列車の椅子席、つまり三等は、飛行機のファースト・クラスと優劣が無い程、ふわふわと寝そべり心地はよくて、しかも空いていて、二人分くらいの席は楽に占領できる。そして、プルマンとコーチとの料金の差額は非常に大きい。全体が贅沢旅行ならそれもいいが、日常生活ではドルがなくて貧乏くさい思いをしているのに、汽車だけは、様子が分らずに、何でも寝台車というのは、阿呆な話で、そんな余分な金があったら、アメリカでは他にもっと面白い使いようが、幾らでもある。私も、好奇心としては、寝台車に乗ってみたい気持が大いにあったが、ついに我慢して、アメリカで、一度もプルマンの世話にならなかった。

私の汽車好きを知っている、シアトルの大学の先生が、同情して、

「あんなものに、乗る必要ないよ。寝台車のコンパートメントは、まるでジェイル（留置場）に入ったような感じだよ。ニューヨークへ行ったら、二十五番街に、模型の汽車を専門に売っている大きな店があるから、見に行くといいよ。」と、慰めてくれた。

車掌の写真もあるが、私にはアメリカの汽車の車掌というと、同じような顔しか思い浮かばない。黒い制服、黒い帽子、服装が似ているだけでなく、背丈、年輩、身体つきが、どの車掌もよく似ている。ボンレス・ハムのような皮膚をして、それが顎《あご》のへんなど少したるんでいるのは、もう若くない証拠だ。下腹が突き出していて、背は高く、なかなか威厳がある。聞くところによると、アメリカの鉄道会社で、車掌の採用条件には、身長何フィート以上、体重百何十ポンド以上という、やかましい標準があって、押し出しの堂々とした大男でないと、なかなか車掌になれないのだそうだ。まず肉体的に威圧感を持たせて、客に勝手な真似をする気を起させないようにしてあるのかもしれない。

ポートランドから、この夜行のオークランド行、十一列車「カスケード」号に乗って、私たちは持参の晩飯の弁当を、席の上に取り出した。食堂車が高くてまずいのは、日本もアメリカも同じことなので、私たちは、安くてうまい海苔で巻いた握り飯に玉子焼、若干の罐詰、ウィスキーの空壜に詰めた番茶という、手製の弁当持ちの旅であった。三月三日の雛まつりの日で、窓外には深い雪があった。車内は、充分に暖房がきいていた。

膝にハンケチを敷き、番茶の壜を窓のそばに置いて、食べ始めたところに、大男の黒服の車掌が廻って来て、通り過ぎようとしてふッと立ちどまると、むずかしい顔をして、

「座席で酒を飲んではいけない。」と、ウイスキーの壜を指した。私は、アメリカの列車のコーチでは、禁酒の規則があることを初めて知ったが、こういう時、車掌は、「お客さん、恐れ入りますが……」というような云い方は、決してしない。ぶっきら棒なものである。体重百八十ポンドぐらいの大男が雇ってある所以であろう。

しかし、私が、

「これはお茶だ。」と説明すると、すぐ納得して向うへ行ってしまった。

「ゴールデン・アロウ」号

シカゴ・アンド・ノースウェスタン鉄道の、二階建て、冷房つきの通勤列車の写真や、バルチモア・アンド・オハイオ鉄道の蒸汽機関車、ペンシルヴァニヤ鉄道の電気機関車、アチソン・トペカ・アンド・サンタフェ鉄道の「エル・カピタン」号、ローカル列車が自動車と衝突した写真など、アメリカの鉄道の写真は、未だ大分あるけれども、全部飛ばして、次は、海を渡って、ロンドンのヴィクトリヤ・ステーションである。国鉄のお召列車に似た、溜《た》め色の、いかにも英国らしい客車。窓の周りだけが黄色く塗ってあり、窓の上には、プルマンという文字が見え、窓の下に「オリオン」と金文字で書いてある。「オリオン」は、多分その車輛自体の名前だ。これが、ヨーロッパ第一の豪華列車と云われる「ゴールデン・アロウ」号の一等車である。「ゴールデン・アロウ」（ロンドン・パリ間）とか、「シンプロン・オリエント・エクスプレス」（スイスからシンプロンのトンネルを抜けて、イタリー、ユーゴースラビヤ、ブルガリヤを経てトルコのイスタンブールに至る）とかいうヨーロッパの国際列車は、私たちが子供の時から名前を知っていた列車であった。

戦争中、大学の英文学の教授で、ヒルトンの『失われた地平線』の講義中に、

「彼は、ゴールデン・アロウのためなら、最後の十ポンド札でもはたくであろう。」

という一節があるのを、

「これは、大西洋航路の船の名前か何かでしょう。」と説明し、学生（私ではない）に指摘されて恥をかいた人があるそうだが、その教授は汽車に興味の無い人であったにちがいない。試みに、広辞苑をひいて「つばめ」の項を見ても、東海道線の特急の名称だとは書いてないから、汽車に興味が無ければ、「ゴールデン・アロウ」を船と間違えても仕方がない。「つばめ」の方はしかし、「最後の千円札をはたいても」乗りたいという程の客がいるかどうか、そんなことを情熱を持って書く日本の小説家がいるかどうか、怪しいものだ。


それは余談だが、私たちは、それまでアメリカの汽車旅では倹約旅行であったけれど、ロンドンからパリへ行くとなると、やはりこの名高い、欧洲一の贅沢列車に乗ってみたかった。出立の数日前、ブリティッシュ・レイルウェイの乗車券発売所へ座席の予約に行って、但し私は二等にするつもりであったから、そう申し出ると、係の男は、

「ゴールデン・アロウは、英国側は何とかで、フランス側は何とかで二等の通し切符は何とかかだ。」と、よく分らないことを云った。訊き返してみたけれども、英語の力の足りない悲しさで、はっきり分らない。要するにしかし、私の希望するように二等で「ゴールデン・アロウ」に乗ることは、何らかの事情で不可能（？）らしいのである。問答しているうちに、私は面倒くさくなってきて、

「それでは、パリまで、一等を二枚作ってもらいましょう。」と云ってしまった。係は、

「イエス、サー」で引っ込んだが、切符と引換えに請求されたのは、実に、私には、眼の玉の飛び出るような金額であった。こんなことなら飛行機で飛んだ方が、どれ程か安上りなのである。私はげっそり、胸糞悪《むなくそ》くなってホテルへ帰って来た。

ところで、私のアルバムの中の「ゴールデン・アロウ」号の客車の写真には、広い窓ガラスの内側に、窓ごとに、お伽話のさし絵のきのこのような電気スタンドの笠が見えて、一つ一つ灯がともっているのが写っている。それから、白いテーブル・クロスの一端が写っている。これはしかし、食堂車ではない。絨緞の上に置かれた肘かけ椅子に、夫婦差向いで坐って、座席で食事ができるように拵えてある一等のパーラ

ー・カーなのだ。

「ゴールデン・アロウ」号の乗客は、ロンドン発車前に、ヴィクトリヤ・ステーションで税関検査を済ませてしまう。その税関を通って、指定の一等車に乗り込み、指定の席を探しあてて、そこの白いテーブル・クロスの上に銀色のナイフ、フォーク、スプーンが沢山並んでいるのを眺めた時、私は初めて納得が行った気持で、

「やけに高いと思ったが、食事の料金が入っていたんだね。それなら結構じゃないか。英国側で昼飯を食って、フランス領に入ってから晩飯を食って、二度うまい飯を食わせてもらえば、そう高いとは云えない。飛行機もいいが、一つゆっくりして、贅沢にうんと食おうじゃないか。」と家人に云った。

手廻り品を整理し、フォームへ出てこの写真を撮り、それから私は、発車までの時間を列車内のバアへ行って、本場のスコッチ・ウイスキーとソーダを飲みながら、何となく非常に裕福《ゆうふく》になったような心持になってきた。チップなども、鷹揚《おうよう》に置いて出た。

発車すると、早速給仕がメニューを見せて食事の註文を取りに来る。

スモークド・サーモン、スープ、ドーヴァの舌びらめ。その英国料理が非常においい

しかったかどうかは疑問だが、タダだと思うことは、消化を助け食欲を増進させる。海峡までは、ロンドンから七十二マイル、所要時間一時間三十五分、ちょうど東京熱海間ぐらいのもので、のんびり食事をしていたら、それの済む頃には、列車はフォークストーンの港駅へ着いてしまった。ここで連絡船に乗換えである。

私たちが、手荷物を手に、列車を立ち去ろうとして、給仕へのチップの心づもりなどしているところへ、その給仕が、何か紙切れのような物を持ってやってきた。見れば、二人が今、たらふく食った昼飯の勘定書であった。

「あッ」という思いで私たちは顔を見合わせたが、もうこれは、どうなるわけのものでもない。飯代払った上での、今度の心付けは、掌から離れにくいような心持がした。

ところで、港には、フランスの三色旗を掲げた連絡船が待っている。「オルレアンの少女」というような名前の船だ。そして低い舷梯《げんてい》を越えて一歩船内に入ると、これはまた、何をこう騒々しくするのかと思うくらい、水夫も士官も船客も、フランス語で絶え間なしに陽気にしゃべりまくっていて、煩きことの限りがない。私は、フランス語は一と言も分らないから、まるで雀のさえずりを聞いているようなものであった。

周りの人々の国籍が変って、こういう風にガラリと雰囲気《ふんいき》が変ってしまうのを、ヨーロッパで私は二度経験した。一度がこの、英国の列車を下りて、フランスの連絡船に乗船した時で、もう一度は、ウイーンからヴェニスへ向う列車で、オーストリーとイタリーの国境を越えた時である。この時も、一と駅イタリー領へ入っただけで、急に周囲が、おそろしく騒々しく、陽気になったものだ。

英仏海峡は少し荒れ気味であった。

一時間三十分の短い航海で、時差を加えて十七時四十分、日暮れ前に船はカレーに着く。栈橋に、パリ北停車場行きの、フランス側の「ゴールデン・アロウ」号が待っている。英国側と同じく、黒い蒸汽機関車には、英仏両国旗が交叉して立てられ、金の矢のマークが飾られていた。私たちは、その列車でその晩、パリに到着したわけであるが、さて、この「ゴールデン・アロウ」号が、物の話に一度、最後の十ポンドをはたいても乗ってみるほどの豪華列車であったかどうかということになると、私は首をかしげざるをえない。

その前に、大西洋を船で渡って、プリマスの港に上陸し、ロンドンまでいわゆるポート・トレインで初めてヨーロッパの汽車を味わった私は、アメリカに較べて何もかも小ぢんまりしていること、煤煙の匂い、レールの継ぎ目を絶えず越して行く車輪の響き、すべて日本の汽車を思い出させるものばかりで、非常になつかしい気持がした。しかし、豪華を売り物にしている「ゴールデン・アロウ」号ということになると、豪奢なはずの肘かけ椅子の肘かけが、少し擦り切れ気味であるのが気になるし、「ゴールデン・アロウ」ほどではないにしても、同じく国際列車の、のちに乗った「アルベルク・オリエント・エクスプレス」などは、食堂車のテーブル・クロスも薄黒くよごれており、一体に、何やらどこか豪華なものの成れの果てのような匂いがするように思われるのであった。

これは、汽車のことばかりではないから、アメリカからヨーロッパへ渡った旅行者の、誰もが多少とも感じることであるらしい。しかし、日本には、ヨーロッパのことをアメリカより悪く云うと、あまり面白く思わない人が多数いるので、私もこんな感想を東京への手紙の端に書いて出して、「教養の程度（私の）が違うのです。」とたしなめられたことがあった。

英国でもフランスでも、すべては古風で、由緒正しく、重々しい歴史を背負って、趣味は渋く、或いは典雅である。敷物にたとえるなら、幾代も前から家に伝わる、高価な、ケルマンとかコーラサンとかいうペルシャ絨緞だ。

アメリカの方は、故事来歴一切無し。最新式の電気掃除器で、よく埃を吸い取った、清潔な、中間色の、今出来のカーペットというところだが、その部屋の絨緞の上から、この部屋の絨緞の上へ移って来ると、祖先伝来のペルシャ段通の、毛は擦り切れ、模様は消えかけて、いまさら取り替えるわけにもゆかないでいるようなところが、何となく気になるのである。少くとも事汽車に関しては、ヨーロッパの由緒深い列車より、アメリカの派手な、新しい、きれいな列車の方が、私には気持よく、豪華で、好きに思われた。これは幾分かはしかし「ゴールデン・アロウ」の高い上にも高い昼飯を食わされたうらみであったかもしれないけれども。

スイスの登山電車

上半分がクリーム色、下半分がオレンジ色に塗られた、二輛連結の綺麗な電車である。場所は、標高二千六十一メートルのクライネ・シャイデッグの駅で、電車はこれから四キロのけわしい道を、海抜三千四百五十四メートルのユングフラウの肩まで登るのだ。

写真に写っているのは、午後三時発の、ユングフラウ・ヨッホ行終電車である。十月のシーズンはずれではあるし、その日の最終なので――ということは、これで行ってはもう日帰りはできないので、私たち夫婦のほかには、リュクサックを背負った元気そうなスイスの青年と、頬の赤いスイス娘と、合計四人だけが電車を待っていた。

三時十分前ぐらいに、この写真の二輛連結の電車が入って来たが、乗務員が、前部に運転手、後部に車掌と、二人いるだけで、二人ともドアを開けようとはしない。お乗んなさいとも云わない。駅員の顔もその辺には見えないし、スイスの秋の、澄み切った山の空気の中で、あまり静かなせいか、誰も口をきく者がいない。

私は、これは廻送電車で、このあとに本物の三時発の登山電車が入って来て、駅員の案内があるものと思っていた。私だけではなく、スイスの若者たちもそう思っているらしく、フォームに荷物を置いて、黙って山を眺めていた。

三時になった。

すると、電車は一度もドアを開かぬまま、何の案内もせぬまま、コトコトと動き出し、見ていると、側線には入らずにそのまま、白い巨大な山に向って登って行き始めた。不審に思ってフォームの事務所へ行って訊ねてみると、「最終は出ました。あれがそうです。」と云う。平気な顔をしている。あわてて、フォームの上を走って電車

を追いながら、私は大声の英語で、

「戻せ、帰せ、乗るんだ、止まれ！」と地団駄踏んで叫んだけれども、電車は見る見る遠くなってゆくばかりであった。

私はすっかり腹を立てた。こんなところで登山電車に積み残しをされてはたまらない。私は廻らぬ舌で、駅員を詰問した。

同じく積み残しを食ったスイス人の若者がやっぱり怒って事務室へ入って来た。

「電車は十分間もプラットフォームに停車していたのに、何故あなた方は乗ろうとしなかったのか？」と駅員は云う。

「誰もドアを開けないし案内もしないから、分らないではないか。四人のために、臨時電車を出すべきだ。」

「臨時電車は出せない。この季節には、あれが最後のユングフラウ・ヨッホ行だ。」

しかし、押問答の末、ついに私たちの方が勝って、駅員は電話をかけ、終電車を山腹の途中駅から引き返させることになった。

空で出て行った電車は、三十分程すると、また空のまま帰って来た。運転手の方でもやはり怒っていて、乱暴にドアを開けた。私たち夫婦には、外国の観光客と見てか、何も云わなかったが、リュクサックを持ったスイス人の青年には、大声で不平を云っていた。青年も、大声で、ドイツ語でやり返していた。二人は電車が発車してからも未だ云い争いをしていた。

クライネ・シャイデッグからユングフラウ・ヨッホまで四キロの登りは、この電車で一時間と五分かかる。リュクサックの青年と頰の赤い娘とは、途中の駅で手を振って下りて行った。上り道の後半は、アイガー山の中腹をくり抜いた、青の洞門のような難工事のあとを留めるトンネルで、その中途に見晴しのための停車場があり、終点駅に着くと、そこからはすぐホテルの入口に道が通じている。

展望台に出ると、真っ白なユングフラウ峯の景観が、眼の前に近々と眺められた。ホテルに、客は私たちだけらしくて、ひっそり閑としていた。私は、次第に暮れて行く雪の山を、長い間眺めていたが、晩飯を済ませた頃から、頭痛がし出し、冷汗が出て吐き気を催し、それがだんだんひどくなってきた。このホテル自体の位置が、富士山の頂上と同じ程度の高さなので、急に登って来て、どうやら高山病に取りつかれたらしかった。

翌朝、山の雪を桃色に染める美しい日の出も、私は二日酔いのような状態で、ベッドから僅かに頭をもたげ、窓越しにちょっと眺めただけであった。

因みにこの登山電車は、ユングフラウ鉄道、略称JBという、スイスの私鉄である。信越線の横川軽井沢間と同じアプト式である。スイスの鉄道は、主だった線はスイス連邦鉄道、すなわちスイスの国鉄の経営であるが、私鉄も、狭い国の中にずいぶん沢山走っている。

スイス連邦鉄道の略称は、ドイツ語でSBB、フランス語でCFF、イタリー語でFFS。そして、客車の横腹に、必ずこの三つの略称が書いてあるのは、いかにもお国柄であった。駅の構内の、「線路横断すべからず」の注意書などは、もう一ヵ国加えて、英、独、仏、伊の四ヵ国語で書いてあった。


（昭和三十三年五月）

船旅のおすすめ

戦後十年たって、日本にも新しいいい船が大分出来てきた。大阪商船のさんとす丸、ぶらじる丸、三井船舶の宝永山丸、日本郵船の熱田丸など、しかしこれらの船は、機会を得て外国へ出かける時でもなければ、ふだんにちょっと乗るということはできない。旅客用定期航空路の網が、こんにちのように世界中に張りめぐらされる前、そして日本が未だ世界の三大海運国の一つに数えられていた時代には、われわれにも航洋大型客船に乗って海の旅を手がるにたのしむいろいろの方法があった。郵船北米航路の秩父丸（のちに鎌倉丸と改称された）や浅間丸のような船で、横浜神戸間を航海するのもそのひとつであり、大連航路の熱河《ねっか》丸、うすりい丸、基隆《キイルン》航路の高千穂丸、瑞《みず》穂《ほ》丸というような七、八千トン級の船で、神戸から門司まで一ト晩の船旅をたのしんで、そのあとゆっくり九州での用を果して来るというのも、そのひとつであった。東京の女学校などで、年々の修学旅行に、片道神戸までの船旅を繰り入れて、関西を廻って来るのを例としていたところもあったようである。

船に弱い人は別だが、船の旅というのは、何というか一種の味わいのあるもので、晴天の蒼《あお》くかがやく海も、夜光虫のたくさん光る夜航海も、また時化《しけ》の旅も、それぞれに面白味があって、昔の日本の船と船旅のたのしみを忘れかねている人は少くはないだろうと思う。

郵船、商船の大型客船で憶い出す名前はたくさんあるが、指折り数えてみると、その九十九パーセントまでは、今度の戦争でいなくなってしまった。英語流にいうと「彼女」たちが、あのそれぞれの優美な姿を、鉄屑にして、海底に眠っていると思うことは、いたましい気持のすることである。そして戦後は、大型船の手がるな船旅というものは、ほとんど不可能になった。伊豆の大島通いで船の旅の気分を味わえといっても、それは少し無理である。

私は前にもちょっと書いたことがあるが、汽車に興味を持っている割には、汽車の長旅はそんなに好きではないので、東京から広島まで普通急行の通しで行くことなどは、考えただけで少しうんざりする。急ぐ時には飛行機がいいし、急がなければ船がいい。

私は昔の旅を忘れかね、戦後間もなくの頃から、船に乗ることには、こがれつづけていて、或る時は貨物船の船員になってでもと思って、無駄な努力をしてみたこともあったが、そういうわけでようやく六年目の昭和二十六年の夏、新聞の出帆案内に、日本郵船の千歳丸《ちとせ》が東京、名古屋、大阪間船客を扱うという記事を見出した時には、文字通り雀躍《こおどり》して、当時日本橋に仮住まいしていた郵船本社へ切符を買いに出かけ、ついでに室蘭丸その他一、二隻の船も、同じコースにおいて船客を取るということを確かめてきた。

千歳丸は、ボーイが卑下して、

「本船なぞはフネでなくてブネですよ。」と言っていたような、船齢三十年の優美でも快適でもない三千トンの貨物船であったが、それでもとにかく私は、この時たいへん満足して、東京名古屋間二十六時間ばかりの船旅をたのしんだ。

ペンキと防腐剤とスチームの温気が一緒になった船特有の匂い、旗の色、ブリッジのゆっくりした号令の口調、灯台の姿、波のかがやき――私の旅先は広島で、そこでしばらく滞在していたが、帰りもぜひまた船に乗りたくて、スケジュールを調べて某日大阪出帆の室蘭丸の船室を予約した。

しかしこういう船には、実際に船客はほとんど乗っていない。出港日時は積荷の状況次第で、どのようにでも変る。それで、私は出発予定日の前日、不意に大阪の郵船支店からの長距離電話で、室蘭丸が予定を繰り上げて、本日午後出港することになったが、折角だから、今から直ぐ上りの急行をつかまえて大阪港へ直行してくれるなら、それまで待つことにするが、どうなさるか、という一方的な通知を受け取った。

指定された上りの急行列車までは三十分あまりしか余裕がなく、おどろいて荷物を作り、家内をせき立て子供を横抱きにして広島駅へかけつけ、大阪駅から築港までまた車を飛ばせて、何しろ乗りたい一心だから文句も言わなかったが、逆に郵船会社の方から云えば、たった一ト組の船客のために、四、五十人の人間が乗り組んだ汽船が一隻、大阪港でぼんやりと八時間ばかり待っていたわけで、乗組員は親切だったけれど、会社としてはよほど迷惑を感じたらしく、今後またこういう物好きな客が出てきては困ると思ったようで、私たちが東京へ帰ると間もなく、この航路で「船客扱います」の記事を新聞に出さなくなった。私はがっかりした。

たまたまある民間放送からラジオ掌篇を頼まれていたので「迷惑な船客」という題でこの時の事を書いて放送したが、新聞の「船客扱います」が復活する模様はなかった。

しかしこんなふうに執心《しゅうしん》していると、どこからか道が通じてくるもので、そのうち三井船舶に勤めている古い知人から、「そんなに船が好きなら、特別の便宜をはかって上げよう。」という申出があった。それは当時ニューヨーク定航船で、現在は世界一周航路に就役している三井の一万トン級貨物船で、二十七年の五月には赤城山丸で神戸まで、二十八年の二月には有明丸で門司まで、私は二度実に気持のいい旅をさせてもらった。

だが、これらの船は、日本の沿岸を航海している間は規則上は船客を扱わないので、この文章を読んで下さる方に、その利用をおすすめするというわけにはゆかない。また私たちとしても、家族づれで二日も三日も食事風呂つきで、タダで乗っているので、いかにも具合が悪くて、またまたお願いしますというわけには、やはりゆかない。

ところが、具合のいいことに、二十九年から、郵船のシヤトル、ヴァンクーバー航路の氷川丸が、横浜神戸間にも船客をとることになった。そしてこれは、誰にでもおすすめできる、戦後はじめての、大型船での手軽な、たのしい船旅である。

　氷川丸は戦争中を生き残ったほとんど唯一の大型客船——正確に云えば貨客船だが——で、一時は汚い姿で雑役に使われていたが、化粧をし直して太平洋航路にかえり咲きしたものである。一万一千六百二十五グロス・トン、バアも、子供の遊戯室も、床屋も、広い遊歩デッキも、喫煙室もそろっていて、定員は一等（ケビン・クラス）八十人、三等のAが六十九人、三等のBが百二十七人、ただしシヤトルから帰って横浜で船客を降ろすとあと神戸までは全くのガラ空きで、ほんの数人の客が乗っているに過ぎない。室蘭丸で互いに迷惑をかけあった郵船会社の提灯《ちょうちん》持ちをすることになるけれども、郵船のシヤトル・ラインは、六十年の歴史を持つ航路ではあり、昔とった杵《きね》づかの客扱いは、なかなか至れり尽くせりで、赤ん坊づれには、船のナースがいてミルクやおしめの世話までしてくれる。

　おまけに運賃はたいへん安い。三等のAが、大体かつての大連航路あたりの二等船室と同じもので、食堂で四食、非常においしいとは云えないがとにかく洋食を食って、おやつの茶と菓子が出て、横浜から神戸まで三千円。いま東京大阪間、急行の二等寝台で行くと、飲まず食わずで最低三千九百円かかるから、いそがなければ、こんないい旅はないだろうと思う。所要時間は二十四時間とちょっとである。

贅沢がしたい人は、七千円出して、今のわれわれの生活から云えばずいぶん豪華なケビン・クラスの旅をすればいい。ただ不都合なことは、一ヵ月半に一遍くらいしか便がないから、急場の役には立たない。

昨年私はこの氷川丸に乗ったわけだが、今年も、私にとっては慣例になった船旅を、またどの船かでたのしみたいと思っているところ。

（昭和三十年一月）

瀬戸内海縦断の旅

四国九州への旅も、東京からだと大分大げさなことになって、なかなか思いたてないが、広島あたりからだと、よほど感じが気楽なものになる。私は一年に一度くらいは広島へ帰省するので、その時には広島を根拠地にして、思いつくままの旅に出るが、手軽で経費もあまり掛らず、面白い旅ができることが多い。

伊予の道後温泉なども、広島からは日帰りで、結構楽しい旅行ができた。

朝八時に宇品《うじな》から、白塗りの二百何十トンかの「第十一東予丸」という連絡船に乗り込むと、呉線沿線の吉浦、鍋、音戸《おんど》などに寄って、十一時半には四国の高浜の桟橋へ着けてくれる。

宇品の桟橋を船が出ると、遠くの三菱のドックに、三井の明石山丸がねむったように浮かんでいる。くらげがぷかりぷかり浮いている。鱸《すずき》か何か、大きな背の黒い魚が、船に驚いて、ゆっくりダイビングの姿勢で底の方へ逃げて行くのが見える。島の、高いところまで耕された段々畠。船のボーイは、暇と見えて、白い服を舷の手すりにもたせかけて、気持よさそうにじっと眼をつむっている。要するに、すべての物象が昼寝をしているような感じだ。江田島の海岸に、何か英軍の軍需物資が集積してあるらしく、処々に、「二〇〇米以内航行禁止」の札が立っているのが、瀬戸内海の昼寝の夢を乱しているくらいのものである。

吉浦——荷台に大きな荷を積んで、自転車ごと乗り込んで来る客がある。目的地へ上ると、これでこのますうっと商売に走り出すのだろう。安直なものだ。段々畠を耕している農夫にも、自転車の小商人にも、容易でない生活があろうし、悲惨な話もあるかもしれないが、明るい日光と穏やかな風色とが、どんな傷でもやわらかに癒してしまいそうに思われる——そういう柔かな景色だ。

フォート・ラングレーと名の読める英国の貨物船と、軍艦が一隻見える。第十一東予丸は、あの何となくユーモラスな、「ポワーン」という汽笛を鳴らして次の港へ進んで行く。船の汽笛にもなかなか性格があって、大型船の、腹の底に響く汽笛には、何となく大洋を越える重々しさがあるし、港のタグ・ボートやパイロット・ボートの、叫ぶような汽笛は、また、何となく精悍《せいかん》で忙しそうな感じがある。そして東予丸級の「ポワーン」は、瀬戸内海の小さな港々に全く似つかわしい。

漁師が食った滓《かす》か、或いは他の大きな魚に食われた残骸か、烏賊《いか》の甲らが、幾つも、波の無い海面を流れている。

鍋――桟橋は昔の日本海軍の敷設艇か何か、艤装を取り払った船体がそのまま使ってある。赤さびて、藻《も》が沢山ついて、一種の感慨を覚える。高い金を出して買ったラジオが、駄目になって子供の玩具になっているような感じでもある。この辺は、昔は日本の水兵たちの姿を沢山見かけた所だ。船が後しざりに桟橋を離れるため、スクリューで海を掻き廻すと、船尾の方一帯が、鮮かな緑色に湧きかえって、美しい。水の掻き廻されないところは、紺色に、底までよく澄んで、きらッきらッと魚が餌をあさっている。

それから音戸の瀬戸を通って、音戸の桟橋に着く。音戸の瀬戸は、呉市の南の半島部と、倉橋島という島との間の、狭い、手の届きそうな瀬戸で、周知のように、平清盛が開鑿《かいさく》したと云われている所だ。さびた色の、風浪にいたんだ、崩れそうな石崖の上に、民家が建ち並んでいて、その石崖からすぐ深く、青い瀬戸の海が陥入していて、なかなか趣がある。ここに戸田という旅館があって、私は子供の頃から、何度か魚を食べに来たことがある。

その旅館は、やはり海の石崖の上に建った三階建の旅館で、部屋に通されて、下を見ると、ちょうど真下に生け簀の舟が浮かべてあって、宿の男がその舟へ降りていって、あちこちの蓋《ふた》を開けて、網でしゃくって、魚を見せてくれる。伊勢海老《えび》、真鯛、鱸、ぼら、はも、どれも皆、瀬戸の強い潮流に身がしまって、ぴちぴち活きている奴が、網の中で、水しぶきをあげて跳ねるのを見ながら、

「その海老を五尾ほど」

「その鯛を一尾」というふうにいちいち註文して、すぐ料理をして持って来させるのだ。味つけはいかにも田舎料理だが、何しろこれほど新しい魚の食い方はないだろう。それで安かった。

音戸を出離れると、左に蒲刈《かまがり》島、右に倉橋島がだんだん遠くなって、瀬戸内海としては島影の少い、大分広々とした安芸灘《あきなだ》へかかるわけである。

腰に腰みのを着けた漁師が、小舟の上に立ちはだかって、しきりに海から綱を手繰《たぐ》

り上げているのを見る。何かと思って眺めていると、蛸壺《たこつぼ》が上がって来る。ザッと空けてはまた綱を手繰っているが、船の過ぎて行く間に見た三つの蛸壺には、どれにも蛸は入っていなかったようであった。

波は全くなく、海に雲と空の形がそのまま映っている。よほど静かな海でないと、雲の形が海に映ることはないだろう。海というより全く湖水の感じだ。そして海と空の全体が、やわらかにけぶっている。間もなく、西の方へ航走している、大阪商船のマークをつけた小さなタンカーに出遇う。東の方へ走っている小さな汽船も一隻見える。この辺がちょうど阪神門司間の航路にあたるらしい。

そして、前にも書いたように、三時間半の航海で、十一時二十五分に高浜の桟橋へ着いた。桟橋には阪神高浜間航路の明石丸が停泊している。今夜大阪へ帰る船だ。航洋大型客船をそのまま小さくしたミニアチュアのような綺麗な船だった。

松山の市内を通って、電車で一時間ほどで道後の温泉町へ着くわけだが、松山は戦災で焼けているのに、道後はそっくりそのまま残っている。自分たちの遊び場、保養場に使える所は焼かないという、アメリカの方針だったのかもしれない。

道後の温泉は昔は全部外湯で、新温泉とか、西湯とか、鷺の湯とかいう浴湯があちこちにあって、今でも旅館の客が大勢そこへ入浴に行く。一番大きな、大名屋敷のようなのへ入るが、これが一階、二階、三階と分れていて、一階はただ入浴だけで十五円、二階というのは、大広間で休むことができて、浴衣《ゆかた》が出て三十五円、三階は個室があって、茶菓が出て、浴室も小さな専用浴室があって、これは百円というわけである。一番安いので済ますが、湯は豊富で、風呂番の人も親切で、気持がいい。

流し場も浴槽も、御影石で、それがかなり年代が経っているのか、古びて黒くなめらかな石の肌で、浴槽の中心には、やはり大きな御影石のまるい塔のようなものが据えてあり、その下から湯が間断なくあふれ出ている。年寄りが、その湯の落ち口でしきりと頸を打たせていた。

その石の塔には、万葉集の山部赤人の、「皇神祖《すめろぎ》の　神の命の　敷きます　国のことごと、湯はしも　多《さわ》にあれども、島山の　宜しき国と、凝《こご》しかも　伊予の高嶺の」という、伊予の湯の歌が、万葉仮名で彫ってあった。そのあとに「明治二十七年此の石を据える」と書いてある。

湯は無色透明、口に含むとちょっと炭酸性の味がする。私は絶え間なく流れている豊富な温泉に入ると、いつも、自分が豊かになったような気持がして、湯を撫でたり、掌にすくったり、口にふくんだりしてみないではいられない。

いまの日本で本当に、惜しげの無い豊富さをたのしめるものと云っては、おそらく、各地の温泉くらいのものかもしれない。

湯づかれのした気分で、道後の町をぶらぶら歩く。

戦災に逢っていないので、ふるびた店構えの菓子屋があって、タルト、白鷺羊羹、薄墨羊羹、鷺の形をした落雁《らくがん》のようなものなどを売っている。道後松山は、なかなか菓子のいいのがある所のように思われる。

これから、午後三時に高浜を出る宇品行の、私の乗って来た第十一東予丸に駈けつければ、夕方には広島へかえれるのだが、来た道と同じコースをかえるのも、つまらない気がするので、遅い昼飯を食ってから、松山駅から、上りの汽車に乗る。

海に沿って走ること約一時間半、今治《いまばり》で下車して、今治の町の中はバスで素通り、桟橋から尾道行きの連絡船に乗り込んだ。

船が今治を出ると、すぐ来島《くるしま》海峡で、ここは渦の名所としては、鳴門に次ぐ所だということで、油を流したようなべっとりと平らかな海面に、あばたか傷穴のように、プツン、プツンと渦の穴があいて、それがきりきりと巻いているのが、不気味な面白さだ。

そうかと思うと、ザワザワとざわめき立っているところもあり、島の影から、一直線に、山川の急湍《きゅうたん》のように潮がながれ、奔《はし》っているところもあって、海がさまざまな形で生き物のように動いているように思われる。

船は妙な揺れ方をして、渦を乗り切り、船尾を潮にあふられ、かじが利《き》かなくなって、不気味に斜めに流されたりする。

しかし船長も船員も呑気なもので、

「今日は大分潮が強いのう」というようなことを云いながら、ブリッジで、舵輪を握ったまま無駄話をしている。大型船のブリッジの、神聖な任務に着いているというふうな、静かな緊張した空気とは大へんちがっている。

大三島《おおみしま》、生口島《いくちじま》、細い瀬戸田の水道を通り、耕三寺《こうさんじ》という寺の塔などを見、遠く三原、糸崎のあたりを望む頃には日が暮れた。

呉線を走っている列車の赤い尾灯が、ツーと線を曳いて遠い闇の中を動いて行くのが見える。それから間もなく、尾道の桟橋だった。

『暗夜行路』に書かれている、ここの港も私の好きな所である。汽車から見ると川のような狭い水道に面した港で、赤い腹の貨物船が、いつも何杯かうかんでいる。

　広島行の列車は、すぐ連絡があった。私は持って来た雑誌と、買った牛乳とパンを、空いた汽車の座席に並べて、広島までの時間をつぶす算段をする。

　糸崎の駅で、車窓を呼んで歩く売り子が、

「えー、ビールウッ！　えー、ウイスキッ！」と、ひどく上機嫌な調子なので、のぞいて見ると、

「えー煙草ッ、えー、ウイスキーッ！」とふらふらしながら歩いている。

「売ってる人が酔《よ》っ払ってては駄目じゃないか。」と冗談に声をかけると、

「へえ、すんまへん。ちょっと一杯やったもんですけえ。」と、一杯やる恰好をして、帽子を取って、ぴょこんと御辞儀をした。愛嬌があった。

　汽車は、長い八本松の峠にかかって行く。退屈なので、汽車の走る音を片仮名で書くとしたら、どう書くか、などとつまらぬことを考える。そうすると、この峠を上って行く列車の音は、確かに、

「チャン〳〵カタ〳〵ケットン、チャン〳〵カタ〳〵ケットン」と云っている。

　このことは、それからも、思いつく度に、気をつけて耳を傾けていたが、列車のス

ピードや、路線の具合で、ずいぶんいろいろな調子のあることに気がついた。「ケタタッタッタ、ケタタッタッタ」と云って走っているところもある。東京近郊の湘南電車などは、「チャン〳〵カタ〳〵ケットン」も、「ケタタッタッタ」もやらない。うまく片仮名で書けないが、何しろもっと気忙しい。

西条、八本松、瀬野、海田市《かいたいち》、――広島に着いたのが十時四十一分で、ちょうど十一時に、こころよい疲れを覚えて帰宅した。

一日の旅としては、なかなか充実した面白い旅であった。

（昭和二十七年十二月）

可部線の思い出

今年の三月三十日に可部《かべ》線の延長工事が完成して、国鉄の営業キロは二万キロを越し、二〇、〇〇七・八キロになった。交通公社の時刻表の五月号に写真が出ていて、「明治五年十月十四日新橋、横浜間二十九キロで始った国鉄は八十一年目に遂に二〇、〇〇〇キロを突破した。」と書いてある。国鉄もずいぶん辺鄙な所で二万キロを越えたものだが、この線は広島県の西の方の、安佐郡、山県《やまがた》郡の山の中を、大体、太田川に沿うて西北に走っているもので、今のところ加計《かけ》で行き止りの袋小路式のローカル線だ。列車の往復も、可部から先は日に七往復しかないらしい。その沿線について何か書くようにということなのだが、実は私は、今度延長された部分はもとより、従来あった路線にも、戦後は一度も乗ったことがないので、十五年乃至二十年も昔の憶い出話を書くことにならざるをえない。それで地図を引き出していろいろと眺めていたのだが、そのうち、景色よりむしろ、この沿線に何らかつながった憶い出を持つ友人縁者たちの運命が憶い出されて、いくらか感傷的な気持になってきた。なにしろ山のなかで、時代の波をそれほど激しく受ける土地ではなく、無論戦災も蒙《こうむ》っていないから、加計の町も戸河内《とごうち》の村も三段峡も、それほど昔の俤《おもかげ》を変えてはいないであろうが、今の話でないのと、記憶のあやふやな点とはお許しを願いたい。

可部線は、広島市内の山陽線横川駅が起点である。横川から可部までは、ずっと以前に私鉄の電車が通じていた。私の小学生中学生時代で、つまり二十年以上昔のことになるが、今も「梅林」という駅がある、そこへ梅見に家族と出かけたり、緑井《みどりい》辺の山へ松茸狩に行ったり、この電車の沿線を一万メートルのマラソンで毎年走ったり、可部の町へ遊びに行ったり、よくした。可部には翠香園という料亭があって、太田川下りの舟も用意してあり、鮎が安く食えたし、蛍が沢山いて蛍狩もできた。蛍狩に行く時、電車の両側の田圃では、ちっぽけな電車の走る音を圧倒するくらいの勢いで蛙が鳴いていた。長閑《のどか》な時代であったような気がする。

その後昭和十何年かになって、この私鉄の電車が鉄道省に買収され、そして同じ頃、可部から先、「布」という所まで線が延びた。可部まではやはり電車で、その先を小さな汽車が走るようになったのである。私たちは広島にも省線電車が出来たことを大いに嬉しく思ったが、天下の雲行きの方は、この頃から漸く怪しくなり始めていたようであった。その頃、この線のことは確か広浜線と云っていた。加計を通って中国山脈を横切って、山陰の浜田まで鉄道が通じるような話であった。しかし「時局」のせいか、それがなかなかはかどらなかった。鉄道がはかどらないので、広島と浜田との連絡は、省営自動車が担当していたが、自動車の通る道は今の可部線とはちがう道なので、この方面へ山登りやスキーやハイキングに出かける時は、私たちはもっぱら、広島の紙屋町から出る大型の私営バスを利用していた。夏、太田川沿いの埃っぽい道を、前を行くトラックの砂塵を濛々《もうもう》と浴びながら、ゴムマリのように揺られて行ったこと、秋、バスの屋根の荷台に寝そべって、走りながら手を伸ばして、農家の柿をもぎり取って食ったことなどを憶い出す。

どこへ行くかというと雲月山《うづき》、八幡高原、三段峡、十方山、恐羅漢山《おそらかん》などで、加計の町はこの辺で一番賑かな大きな町だが、いつも素通りをしていた。それで私は、先に書いたように、つい何人かの友人縁者のことを憶い出すのであるが、十五年の歳月は忽ち過ぎたようで、やはりさまざまなことがあった。私は未だ懐旧談《かいきゅうだん》をするような年齢ではないが、それでも地図の地名を眺めて憶い出す何人かの人は、もう生きていない。

その一つは遠縁の小父さん夫婦で、子の無い気楽な夫婦者で、広島のニコニコ貯金に勤めていたが、何しろ大変な用心家であって、戦争のまだそれほど烈しくならない頃に、可部線の電車の沿線にあった生家——裕福な農家だった——へさっさと疎開してしまった。広島市内で疎開などする人が未だ一人もなかった頃で、自分たちが中風になる用意の溲瓶《しびん》からゴム布まで持ち出す引越し騒ぎを、近所の人は皆笑っていた。小父さんの方はそれから長い間、毎日自転車に乗って、痔が悪い悪いと云いながら広島市内の銀行へ勤めに通っていたが、原爆の日の朝、ちょうど市内へ乗り込んだところをやられて、グニャグニャになった自転車を押して逃げ帰って、生家へたどりついた時には、もう身体がくさく匂っていたそうで、次の日亡くなった。のちに、私たちは後家になった小母さんを慰める言葉がないまま、「小母さんは、御亭主と自転車だけ疎開しそこねたね。」と言って、からかったものである。

もう一人は、加計君のことである。（この人は生きている。）加計君の家は加計町の素封家《そほうか》で、加計の町の名は、加計君の家から出たものだろうと思うが、中学も高等学校も私より一年上で、やはりときどき山登りに一緒に行った仲間であった。このあたりの中国地方の山々は、案内記などに「処女の乳房を想わしむる」などと書かれる、なだらかな、まるい、草に覆われた美しい山だが、その中でも加計の北方二十キロ、島根県境の雲月山（九一二メートル）などは、代表的なものの一つで、私たちはこの山の麓で土地の娘さんたちから、本当の手打ちのぶつぶつした黒い蕎麦を山葵《わさび》醤油で御馳走になったことがあった。加計君は、その帰りのバスの中で盲腸炎を起した。

この加計君は、広島の高等学校へ入ってから、大分いわゆる進歩的になり、そのために修身のSという教授にひどく憎まれ、二点、三点というような点をもらって、遂に退校にされてしまった。本名で書かないと説明がつかないので本名を出したが、彼は、S教授の多分に個人的な意地悪のために、考えようによっては一生を台無しにされてしまったのである。この加計君のお父さんの加計正文氏は、鈴木三重吉の親友で、昔出た三重吉全集には、三重吉が加計正文に宛てた広島言葉丸出しの手紙や、猥談だらけの手紙が沢山収められている。素通りばかりしていたが、加計は私の憶い出の中ではそういう町である。

加計から雲月山の方へ向う道と別れて西へ進むと、殿賀《とのが》という町を通って、戸河内、十方山、恐羅漢山、三段峡の方へ出る。もう広島県の西北のはずれで、この方面で三段峡は最も全国的に名を知られた景勝であろう。広島を去る六十四キロで、太田川の支流の柴木川が、八幡高原の水を集めて花崗岩の渓谷を流れ、両岸には絶壁が切り立って、龍門だとか、鯉淵だとか、三段滝だとか、天狗岳だとか、やたらに名前のついた名所を作っている。そういう景色のいい所を、十キロばかり歩いて見て通るのである。大正の中頃から有名になったのだそうだ。カジカも鳴く、紅葉も美しい。しかしブヨが沢山いて、夏は十キロの間、絶えず手で顔の廻りのブヨを追っていなくてはならない。私は何年か前に、阿蘇《あそ》の渓谷の栃ノ木温泉へ泊って、三段峡に温泉の無いことを残念に思った。広島県は温泉というものの全く無い所だ。そして正直なことを云うと、私には、有名な三段峡より、有名でない十方山や恐羅漢山の方がずっとなつかしい。恐羅漢山は、地図にもろくに出ていない山だが、本当は広島県で一番高い山で、我国のスキー場としては、恐らく一番西に位置する一つであろう。一番高いといっても、せいぜい千三百何十メートルに過ぎないし、温暖の地方で、雪の質はあまり上等でないが、そのなだらかな美しいスロープはなかなかのものである。夏、或いは秋に登っても、それぞれに楽しむことができるし、何しろ土地の人か広島の物好きくらいしか出かけて行く人はないから、大へん場所もひなびている。私たちがよく行っていた頃は、ふもとの古屋敷という部落で、ぜんまいの煮つけと、味噌汁と、卵の御馳走で一泊するのが七十銭であった。

横山高明君という、やはり中学からの友達がここでスキーを習いたての頃、直滑降の途中転んで、転んだまま辷《すべ》って岩に胸をぶっつけた。横山君は高等学校から大学の国文科まで私と一緒だったが、この時の怪我で肋膜炎を起したのがあとを引いて、健康が充分でなく、そのため私たちがみんな足並揃えて大学から軍隊へ入った時も、兵隊に取られずに研究室に残ることになった。ろくに大学へ行かなかった私とちがって、彼はしんからの勉強家で、国語学に非常な熱意を持っていて、国語の研究室では将来を嘱目されていた。だから兵隊に行かずに研究を続けられることは、たいへん好都合だったわけだが、昭和二十年の八月六日、たまたま郷里の広島へ帰っていて惨死した。横山君は前進座の河原崎国太郎さんの従弟にあたる人である。国太郎丈とはまた多少顔立ちのちがう、しかし行き逢う人がちょっと驚くほどの美青年であった。

あらためて可部線の旅をしてみれば、なにかと書きたいこともあるであろうが、今はこんな昔の憶い出話ばかりが浮かんで来る。先に述べた鈴木三重吉の加計正文あての手紙から、二、三の章句を最後に引いて、せめてこの沿線の模様を偲ぶよすがにして頂こう。

「床上で聞かれた奔流《ほんりゅう》の音や、田植の太鼓の御記述を拝し、加計の山水を思ひ浮べました。」（大正十四年六月二十四日）

「病中は別として、近来〇〇〇〇〇〇〇〇〇〇たまらない。どこかにいい奴はないかと、毎日思ふよ。加計の夜、椎《しい》の実の落ちるのは、俳境うらやましい。序でに、コタツの一方に十七八を奉りたいものだね。（中略）これから赤い鳥は加計と上柳町と両方へ送らすよ。椎の実の落ちる夜、雪の夜などチョイとめくって見て下さい。」（大正十四年十一月十八日）

「お手紙をくり返し拝見。あの山の町の秋色や、万君の絵のかゝってゐる書斎を想像してゐます。（中略）栗を難有う。子供が大喜びです。」（昭和二年十月二十九日）

こんな調子で、三重吉は格別の友情からも、書簡のあちこちで頻《しき》りに加計の風物をなつかしがっているのである。

（昭和二十九年七月）

温泉の楽しみ方

私が中学生の時、地理の先生が九州地方かどこかの温泉地帯のことを説明しながら、「しかし、温泉にぼんやりつかってフヤけているのは、あれは老人のすることで、若い元気な者の行く所ではない。」ということを云った。両親につれられて、時々温泉に行っていた私は、甚だマの悪い思いをした。

だが、私はその頃から、こんにちまで、ずっと温泉が好きだ。

私の友達の或るアメリカ人の説では、

「日本人ほど風呂好きの国民はいないので、したがって、温泉の楽しみ方も、日本人が世界中の誰よりも一番よく心得ている」そうである。

「アメリカにも温泉があるんですけど、水泳パンツなんかはいて、温泉につかっていても、何だか味気ないでしょう？」と、その日本語のよくできる友達は云っていた。

私は詳しくは知らないが、アメリカやヨーロッパの温泉は、いわゆる温泉プール式の温泉で、水泳パンツをして飛び込むか、そうでなければ、ただの西洋風呂と同じ様式のもので、コックをひねると、ボイラーでわかした湯のかわりに、自然の湯が出て来るというだけのことらしい。湯滝などという結構なものは、あんまり無いらしい。

私が温泉で好きなのは、何よりもその豊かさである。何も彼も小さくて貧弱なわが国で、こんなに豊富に、ムダに、日夜を分たず流し去っている資源というものは無いだろう。もう少し頭のある人が考えれば、何か他に利用方法があるかもしれないが、あのムダは、あれでまたなかなかよろしいという気がする。

したがって私は、あんまり湯量の多くないチョロチョロ出の温泉はきらいだ。私の知っている限りでは、湯量の豊富で好きな所は、別府温泉を別にして、箱根では姥子《うばこ》、九州で阿蘇の栃ノ木、東北で鳴子《なるご》温泉などという所であろうか。

私は北海道へは行ったことがないし、無論この他にも豊富な温泉はたくさんあるだろうが、私の行ったことのある場所で、思い出すのはこんなものだ。阿蘇の栃ノ木温泉は、先年の災害ですっかり駄目になったと聞いていたが、雑誌『温泉』の二月号のグラビヤを見ていたら、写真が出ていて、どうやら立派に復活したらしい。

鳴子温泉は、湧出量の豊富なことでは、熱海や伊東をしのいで、全国で別府と一二を争うらしいが、幸か不幸か、東京から少々足場が遠いので、いまだにひなびた山の温泉の趣きを残している。あれが、東京または大阪、神戸から便利のいい土地であったら、とても現在の鳴子ではおさまるまい。

土地の人は、もっと湯治客や宴会が来てくれた方がありがたいので、

「上野駅に広告の看板出してネエの、鳴子だけダべ。」などと云って慨嘆しているが、われわれにとっては、あまり繁昌しない方がいい。いくら湧出量が多くても、熱海や伊東のようになってしまっては、温泉というよりも、温泉を口実にした宴会場で、旅館だって増え過ぎて、湯が豊富にムダにどんどんあふれているというわけにはゆかなくなる。

鳴子にも旅館は沢山あるが、町全体が、熱海のような宴会場の感じになり切っていないところがいいのだ。歩いていると、駅の近くに、草刈鎌をとんかちん、とんかちん打っている鍛冶屋があったり、朽ちて崩れそうな滝の湯という共同浴場があったり、そしてその共同浴場の番台は、始終留守である。

要するに私は、湯量が豊富で、静かな温泉が好きだ。湯の流れ落ちる音以外、何の物音もしないような、浴室の中で、プンと匂う湯の中に、手足をのばして、じいっとしている、あの気分が一番いいのである。

温泉地にかぎらないが、近頃の、あの無神経な宣伝放送のスピーカーの暴力は、まことに言語道断で、自分で自分の価値をぶちこわしているようなものだ。

熱海や伊東のように、もはや、どう考えても、ひなびたいで湯の趣きを保つわけにはゆかないような所は、それならそれで、徹底的に近代化し、遊ぶ土地として、もっときれいに、スマートになることであろう。道路はめちゃくちゃ、看板やネオン・サインは俗悪、悪趣味、駅前のスピーカーその他雑然たる騒音はほったらかし、何でもいいから列車から降りて来るカモ共から、できるだけ金をふんだくろうというようなやり方は、決して先々までのためになる、世界の観光客に通用する、スマートな方法ではあるまい。熱海などは、東京からの距離といい、気候といい、美しい海を前にしてうしろに山を背負った風景といい、それに湧出量の豊富な温泉といい、誰か町を立派に建設する達識者があったら、ニースやマイアミ以上の世界的な観光地になり得る要素は十二分に備えているのだが、国内的には繁昌していても、そこまでなり得ないのは、他にも原因はあろうが、その目先きの欲にばかりとらわれている泥くささ、スマートさの無さのせいではないか?

また、楽しみに行く方も、どうしてあんなふうに、電車の中から、そこら中、食べカスだらけにして、安煙草を狸をいぶす程いぶして、酒瓶をかたむけて、温泉へ着かぬ先から真ッ赤な顔をしていないと、楽しんだような気分になれないのだろう? どうも、中途半端なことが一番いけないので、近頃の温泉ばやりには、近代風でも古風(?)でもない、中途半端な薄ぎたなさがあるようだ。

初めに書いた「日本人が世界中の誰よりも一番よく心得ている」という「楽しみ方」は、どうも、単に湯に入る入り方だけの話であるらしい。

(昭和三十三年二月)

鳴子から秋田へ——みちのくの風物詩

宮城の鳴子温泉は、玉造《たまつくり》八湯と呼ぶ温泉群の湯元のある所で、鄙びた、湯の豊富な、景色もいい所だと聞いていて、友達の兄さんがやっている温泉宿があるし、志賀直哉先生の『山形』という小説にも出てくる所で、一度行ってみたいと思っていたが、去年の夏、私は初めてその機会に恵まれた。

『山形』という小説には、それは明治四十年の事で、小牛田《こごた》から乗合馬車で鳴子に着き、鳴子から山形へ出るのには、新庄まで人力車に揺られて行ったことが書いてあるが、今は上野を朝九時三十五分の「みちのく」で発《た》てば、小牛田で陸羽本線に乗り換えて、夕方七時二十分には鳴子に着く。

山中の全く田舎の湯を想像して来た私は、汽車の窓から温泉宿の軒並がずらりと見え、案外殷賑《いんしん》を極めているのに驚いた。泉質は豊富な種類があって、説明を読むと、宿々によって、アルカリ泉、塩類性硫黄泉、酸性泉などさまざまで、またその一軒一軒の宿の中でも、少しずつ違う性質の湯があちこちの壺に湧いているようであった。おそらく箱根とか別府とかと比肩し得る温泉郷なのだが、さすがに東北の山の中で、殷賑と云っても客は農家の人の本当の湯治《とうじ》目あてが多いらしく、温泉宿の多くは建替への時期がきているらしく、古びて傷んで町も静かで、しかしそれが一種の雰囲気を形造っているようにも思われた。

蚤虱馬の尿する枕もと

『奥の細道』の芭蕉の句碑は町を少し出離れた所にあるということだったが、私はそこまでは行って見なかった。しかし私の泊った友人の温泉宿でも、母屋の囲爐裏《いろり》部屋の向いには、大きな黒い牛がいて、のどかなものであった。

宿泊料の安いことも何よりである。長滞在の客は、大抵自炊で、そうすれば部屋代は一日百円程度で済むし、納豆とか卵とか野菜とかの荷を持った行商人が、毎朝勝手に宿へ上って、廊下をふり売りをして歩いている。空気はつめたくて清潔だ。

今から千百何十年か前、仁明天皇の承和二年に部落の背面にある森が俄かに鳴動して、山が崩れ、熱湯がほとばしり出たので、ここに神社を祀って、「鳴声《なるご》の湯」と名づけたのが名前の起りだという。その温泉神社は今も、滝の湯という共同浴場の少し上の所にある。

もっとも俗説によると、昔、義経の行方を慕うて奥州へたどって来た静御前《しずかごぜん》が、道中で急に産気づいて一子を産み落したが、赤児が産ぶ声をあげなかったので、この地の湯で沐浴《もくよく》させたところ、初めて鳴いた、それで鳴子という地名ができたという、少し眉唾《まゆつば》な話もある。

このことは私は昨年、ある小説の中に書いたが、とにかく義経の人気というものは東北では大へんなものらしく、地廻りの芝居では、義経の出て来る筈のない「忠臣蔵」とか曾我狂言などにも、一度は義経が顔を出さないと、見物衆が承知しないそうだ。

芝居の途中で、突然、

「かかる折しも義経公、しんず〳〵と現れ給う。」と義経が舞台の中央に出て来る。

そして暫くあって、

「さしたる用もなかりければ、奥を指してぞ入り給う。」と引き退《さ》がって、また前の芝居の筋が続くのだそうだ……。

温泉町はほぼ荒雄《あらお》川の流れに沿って出来上っていて、駅のまわりがいくらか賑やかな所になっており、こけし人形や漆器《しっき》や温泉タオルを売っている店が幾軒かあるが、それも箱根や別府の賑やかさと較べては、およそ話にならぬ程度である。

うまい物も、求める方が無理で、何も無い所だが、私は宿で出された本当の山の芋の、腰の強いとろろだけはたいへん美味しかった。

一体に東北へ旅して思うのは、京大阪から中国九州へかけてとちがって、名物がいかにも草の葉、木の実で作られた貧しい物であることだ。

発つ前の日、私は町の背面の山の上にある潟沼《かたぬま》という火口湖を見に行った。友達に教えられた山道を登って行くと、がくあじさいやかきつばたが、高原めいた山腹にあちらこちらと咲いていて、鶯の声がしきりに聞える。満山新緑の頃はさぞ美しいだろうと思われた。知らない野の花も沢山咲いていた。

「鳴子風致地区標　宮城県」

とした制札が立っていて、知事の許可が無くては土砂の採掘をしてはいけないとか、建造物の新築や移転をしてはいけないとか、書き並べてあるが、そこから道を少し下って、潟沼に着くと、最近出来た硫黄の工場が作業をやっていて、乳白色をしたどろどろの鉱土、その鉱土に火を加えて硫黄を精錬するのか、すっぱい異様な臭気が立ちこめていて、風致地区も何も、ぶち壊しの感じであった。

話では、しかしどうやら、あまり経済的に豊かでない鳴子の温泉郷は、この硫黄の事業で幾らか潤《うるお》っているらしく、潟沼が鳥や野の花に飾られた閑静な湖のままであればいいなどと思うのは、旅行者の勝手な感傷的な気持かもしれなかった。

宿の母屋では、大きな茅の屋根が朽ちてそれの葺き替えをやっていたが、苔のついた屋根の中に、凹んだ鶺鴒《せきれい》の巣を見つけたというので、その晩私と友人とは、カンテラをともし、梯子を掛けてそれを取りに行った。親鳥が帰って来て、巣の中でじっと卵を抱いているのが、カンテラの灯に照らし出された。

屋根の葺き替えで、明日はどうしてもその巣もこわして捨ててしまわなくてはならないというので、それならいっそ東京へ持って帰れたら持って帰ろうと思い、親鳥を手掴みにして巣から持ち上げると、雀の卵ほどの小さな卵が四つか五つ、つつましげに凹んだ丸い巣の中に固まって転がっていた。朽ちた茅屋根に、ぐっと手を差し込み、そっくりそのまま巣をはぎ取り、家へ下りて、さてもう一度親を巣につけようとしたが、それはもう駄目だった。ざるを二つ重ねて、巣と親鳥とを中に入れ、布で暗くしておいたが、親鳥は心配そうにざるの中を、鳴声も立てず、ぴょいぴょいと飛び廻るだけで、どうしてももう卵は抱かない。

せぐろせきれいという奴か、羽根が黒く、それに鶺鴒の餌は何か、多分生き餌だろうと思われて、とうとう連れて帰ることはあきらめ、翌朝私は鳴子を発った。

新庄から酒田へ出て、羽越《うえつ》本線を廻って秋田行である。新庄で乗換を待つ間、町で胡桃《くるみ》饅頭というものを食ったが、大して美味《うま》くもなかった。

陸羽《りくう》西線は最上川について西へ走る。対岸の美しい切り岸に、細い滝が一本落ちている。こちらの石川原には、鶴のような脚の長い大きな鳥が一羽、水辺近く立っている。山間の駅に停ると、すぐ近くの山で鶯の鳴く声がする。右に、雲をかぶった鳥《ちょう》海山《かいさん》が見えてくる頃、ようやく汽車は平野に入り、見渡す限り一面の田圃であった。

車内は知り人同士が多くて、賑やかで、「何と言うても米出来ねと心細うて」等という話声も聞えた。

暑き日を海にいれたり最上川　芭蕉

汽車は余日《あまるめ》という珍しい名前の駅で羽越本線に合して、最上川の河口の酒田の町に着く。

バスで町の中を抜けて日和山公園という小高い丘の上の公園に登り、そこから私は十数年ぶりで、鼠色の日本海を眺めたが、海岸には大きな工場の建物が建ち並んでいて、酒田は工業港らしく、海の眺めもここからはあまり美しくなく、丘を下って町を歩けば、魚屋の店先は品数が少く、不味《まず》そうな魚ばかり並んでいて、海の幸にも縁が遠そうに感ぜられた。

本間の美術館を見て、夕方近く、「日本海」という大阪発の急行に乗って秋田に向う。

吹浦《ふくら》、有耶無耶《うやむや》の関趾があるという大師崎、象潟《きさがた》、金浦《このうら》。列車は海に近づいてはまた遠のき、また近づいて、北へ走って行く。右側の窓には鳥海山の雪をいただいた雄大な線が見えているが、海はそれよりも一層美しかった。日本海の青黒い茫々とした眺めが線路のすぐ下から無限にひろがって、赤味を帯びたゴツゴツした黒岩の岸に静かな波が寄せている。窓から見ているのでは物足りなくなって、デッキに出て、私は秋田が近くなるまで夕暮の海を眺めて立ちつくして、なおあきなかった。

「秋田にかよふ道遥に海北にかまえて浪入る所を汐こしと云江の縦横一里はかり俤松嶋にかよひて又異なり松嶋は笑ふか如く象潟はうらむかことし寂しさに悲しみをくはえて地勢魂をなやますに似たり

象潟や雨に西施かねふの花

汐越や鶴はきぬれて海涼し」

と芭蕉が誌したのは、このあたりの昔の風色らしかった。海辺に小さな砂丘が続くようになると、間もなく列車は秋田の駅に着く。

酒田にしても、秋田にしても、焼けなかった所で、土蔵造りというのか、古風な店屋などが並んでいて、しっとりと落ちついた感じはあるが、よく見ると瓦を置いた家はひどく少く、総じていかにも貧しく、店先の品物にもそれが感じられて、日本が貧しい国であること、殊に東北の土地のいかにも貧しいことが、今更に痛いほど考えられて仕方がなかった。

その夜、市内電車で土崎港まで行ってみたが、途中油田の櫓《やぐら》が見える。電灯をともして作動している櫓は、ポンプの腕木が左右にギッコンギッコンと上り下りして、油を汲み上げているが、夜空にすかして眺めると、櫓の数は全部で三十本くらいか、これが日本の石油産出の機能の大半で、お世辞にも見に来て驚くようなものではなかった。

宿の食事は秋田らしい御馳走もなく、私のだんだん滅入り勝ちになってきた気持は、夜ふけに川端何丁目とかいう所の居酒屋に入って、銘酒の「新政《あらまさ》」を一本飲んでようやく慰められた。亭主があから顔の、つやつやと血色のいい親父で、元気よくぽんぽん叩くような調子で、酒の自慢をする。東京の田原町《たわらまち》の近くに、「新政」の直売所があるから、帰ったらぜひ行ってみてくれ等と云っていた。しかし早口の秋田弁でぺらぺらッと云われると、時々「え？　え？」と聞き返さないと、何を云われているのか分らないことがあった。

翌朝、旅館の寒暖計を見ると、東京よりはぐっと気温の低いことがわかり、風の肌にあたる感触も、まるでちがっていることが感じられた。

さて東京へ帰ることにして、時間表を繰ってみると、具合のいい汽車は結局「鳥海」という秋田仕立ての夜行の急行一本しかない。このことは、東海道線山陽線の旅をし馴れた者にとってはちょっとした驚きであった。

時間をつぶすために、私は船川線の汽車に乗って、途中に八郎潟を眺めて、船川港を見に出かけた。進むにつれて、車窓に、低い萩やアカシアの木が風にゆれているのが沢山見え、蕭々とした風景が北国へ来た思いをさそって、汽車は油を運ぶ貨車などを沢山つないだのろのろとした汽車で、この二時間ほどの旅は面白かった。

男鹿半島のなだらかな山、防波堤に砕ける日本海の波しぶき、遠く秋田の町を越えて鳥海山のすっきりと大きい姿、精油所の重油のドス黒い色。黒い荒い磯を舟で男鹿半島めぐりをすると面白そうだと思ったが、そのまままた秋田へ引き返した。夕方綺麗なすげ笠を一つ買って、「鳥海」の客になった。

急行列車の名前通り、暮れ終るまで、鳥海山の美しい姿が眺められた。

翌朝早く上野に着くと、雨が降っていて、秋田土産のすげ笠が、早速役に立った。

（昭和二十七年三月）

東京都内の峠ドライヴ

この題名は、いつわりではないが、こういう題をつけると、或いは読者に、タクシーで麻布や高輪の高台でも駈け歩いて、帰って来ての記録か、都内の坂道についての報告か何かかと、思われそうな気もする。これは、都内と云っても、実はずっと西の方の、山に近い辺鄙な所のことだ。

青ガ島や三宅島が「東京」の概念からはずれた東京都の一部であるように、この日私たちがめぐった峠、丘陵、小さい町や村もやはり「東京」の概念からはは み出しているようであった。

本当を云うと、しかし『旅』の六月号の峠の特集で三多摩地方の峠を自動車で廻ってみようというこの企画に、私は初めあまり気乗りがしなかった。瀬戸内海育ちの私には関東の風景は、一体に雑駁《ざっぱく》で、潤いが無くて、何となく平板で、どうも好きになれない。たまに、美しいい所があると、忽ち東京から行楽客が殺到して、食い物の滓《かす》と新聞紙とで目茶苦茶にされ、人混みに酔うようなことになってしまう。いずれにしても、三多摩の峠など廻り歩いても、大して面白いこともなさそうな気がしていた。

しかし、とにかく約束して、四月十六日、朝九時新宿駅西口集合。車は、佐藤泰治さんの愛用のルノーで、同行は、編集部O・K、O・Tの両氏。佐藤さんは既に十何年も車を扱っていて、しかも無事故だという。しきりにルノーを礼讃していた。八王子まで、私は佐藤さんと、車の話ばかりしていた。

約一時間で八王子の町へ着く。一と休みして、それから五日市へ向って出発したのであるが、八王子市を出はずれて、奥多摩の山々が正面によく見えるようになると、漸く私は、来てよかったという気分になりだした。景色がなかなか美しいのである。緑の麦畑、桜草、小川の流れ、そして、車で走るには、道が大変いい。広くはないが、よく舗装されていて、しかも殆ど自動車と行き合わない。自動車の交通量が少いので、舗装もこわされないのであろう。

そこは、川口という村の中であった。きだみのる氏の例の「気違い部落」恩方村のすぐ北隣りの村である。きだ氏は、「気違い部落」と云いながら、この辺の美しい景色がなかなか捨て切れずに、長年住みついておられるのかもしれないと思った。

車はゆるい傾斜道を、うねくねと登って行き、やがてトンネルの入口に達する。そこが五日市町の町界で、つまり五日市の入口で、車を停めて外へ出ると藪鶯がしきりに鳴いているのが聞えた。バスと行き合う。八王子と五日市とを結んでいる五王自動車という、あまり聞き馴れないバス会社のバスであった。

佐藤さんのスケッチが済んで、それからトンネルを抜け、峠を下って行くと、間もなく眼下に五日市の町を望む。都心部ではもう散ってしまった桜が、町には一面の満開である。武陵桃源《ぶりょうとうげん》の趣がある。一同しきりに嘆声を発することになった。

五日市の町の家並みや通りは、ごくひっそりしたものだ。編集部のO・K氏の説によると、奥多摩が観光地としてどしどし発展してゆくのに対し、五日市は、これから年々に忘れられて行く町であろうということであるが、赤い幟《のぼり》など店先に立てて、さながら昭和初年の『地理風俗大系』の写真にでも出てくる田舎の町の感じである。

この道をこのまま行けば秋川渓谷になるという所で、車を返して、ちょっと武蔵五日市の国鉄の駅に寄ってみた。小さな蒸汽機関車が蒸汽を上げている。型式はC10で、こんな蒸汽機関車は、東京周辺では、もうなかなかお目に掛れなくなっているはずだ。五日市線も、今は大部分は気動車になったが、未だ一日五回、このC10やC11がひく旅客列車が発着して、拝島、立川と結んでいるのだそうだ。

運賃表を眺めると、立川まで四十円。山手線内各駅まで百二十円となっている。立川、八王子はもとより、新宿、渋谷、銀座の雑沓からいくらも離れていないわけだが、こういう場所に、こんなに静かな古風な町や、美しい峠道が、あまり人に知られずに、置き忘れられたように残っているということは、われわれのような行きずりの者には、楽しいことであった。

五日市から先、峠が道路工事で通行不能ということで、青梅へ出るのに、廻り道をして平井村という所を通る。

小学校がある。大きな古い桜の木があって、花がいっぱいついている。菜の花畑が美しい。そしてその風景が、全体でやっぱり大正末か昭和初年の感じなのだ。「ハナ、ハト、マメ、マス」の国定教科書の時代めいた景色であった。

満地《まんち》峠という峠、花と一緒に新緑が見事に萌え出ていた。多摩川のほとりに出、川沿いに北上すると、青梅の町の入口に、立派な調布橋が掛っている。

川原から何十メートル位あるだろうか。相当の高さで、橋脚を立てることが困難なためか、橋脚を使わずに渡した鉄製の橋である。橋のたもとには碑が何基か建っていて「大正十有一年冬十二月」とこの調布橋の竣工を記録している。出来てから三十六、七年になるわけだが、ガッチリしたものだ。しかし、橋の真ん中に立っていると、トラックが通る度に、ゆらゆらと動揺を感じる。のぞき込むと、はるか下の方を、多摩の清流が流れている。私は先年通った、スイスのベルンの、アーレ河にかかった同じような高い橋と、その橋の上からの眺めを思い出した。よく似ている。

この橋を渡れば、すぐにもう、青梅市のメイン・ストリートに出る。ここは、大変な活気が感じられ、五日市の町とは全くちがっていた。東京の都心と直結して、活動している感じである。それだけにまた、騒々しくほこりッぽい。東京が厖大過ぎるために、その中の青梅などという町は、ほんの小さな町のような気がしていたが、調べてみると、人口は三万七千、熱海とほぼ同じ位の人間が、この東京都の中の青梅市に住んでいるのである。

ここへ来るまでに、新宿から三時間と少々かかっていた。もっとも、青梅街道を飛ばして直行すれば、こんなにかかるわけはない。私たちのは、廻り道をしたからである。

昼を簡単に済ますことになり、親子丼、ウドン、ソバの、通りすがりの店に入った。あまり目的の無い旅をしている人間の欲で、青梅名物名代の蕎麦屋でもないかと訊ねて歩いたが、そんな店は無いらしかった。

青梅を出発すると、われわれの車は小曾木村という村を通って、地図に名前の出ていない峠を越え、坂下という部落に出た。その途中に大がかりな道路工事をやっている所があって、その道路建設計画の一部にあたるらしいトンネルは、既に完工していた。吹上隧道《ふきあげずいどう》といい、中には蛍光灯がともっていて、立派なものである。観光道路にするつもりなのか、何のためにこんな大がかりな道路工事をやっているのか、素通りの私たちには分らなかった。

成木村の、渓流にそって登って行く。ヒタキが川の流れに沿って飛んでいる。スモモの花の咲いた、高土戸《たかつと》というきれいな部落を過ぎる。O・K氏のプランでは、これから高水山のふもとで北に折れて、小沢峠という海抜四〇九メートルの峠を越えて(これがこの日の旅行中、一番高い峠越えになるはずであった)埼玉県に入り、飯能の方を廻って帰ることになっていたが、上り道は、だんだん狭く、だんだん悪くなってきた。八王子から五日市へ越える峠とは比べものにならない。

上成木《かみなるき》というバスの終点に来て、駄菓子屋の店で訊ねてみると、これから先は、とても車は入れない。小沢峠は歩いて越さなくては越せないと云われる。ここのバス終点は、バスの発着一日四回、まるで東北の寒村か、信州山奥の温泉場の如き感じであった。駄菓子屋の女の人たちが、

「これでも、東京都ですから」と笑っていた。

「高水山参道入口、これより頂上まで十八丁」という標柱が建っている。行けないとあっては、仕方がないので引き返すことになり、再び高土戸を通り吹上隧道を通り、青梅へ出て、それより一路帰途についた。

途中、横田基地の横で、離陸したばかりの大きなジェット機が、凄まじい音を立てて、私たちの車の上を近々と過ぎて行くのにぶつかった。「山奥」から下りて来たばかりで、異様な感じがした。

三時半頃、新宿駅西口に帰着、解散。

最後に一つ無駄話を附け加えておけば、解散後、私は急いで両国の方まで行く用事

ずになったので、別れるはずがあったのだが、電話をかけてみたら行かなくて済むことになったので、別れるはずのO・K氏と、近くの店でビールを一杯飲むことにした。店はひっそりしていた。私たちは今日通って来た町や村や峠のことを盛んに話し合った。そのあと、店の女が私たちの仕事を訊ねるので（女は行商人だと思ったらしい）O・K氏が「旅の何とか何とか」と答えると、女の人の更に訊ねて曰くは、「あら、そう。お宅、あの、五ツこい、はぜのタビ出来るかしら？」

（昭和三十三年四月）

鉄道研修会

国鉄本社の職員が立ち上って
「起立、礼。」と、号令をかけると、名札を前に置いてコの字型に卓を囲んでいた三十人あまりの、いずれも五十年輩の男たちが、ぞろぞろと立って、講師席の方に向かってお辞儀をした。
「初めに御出席の先生方を御紹介します。」と本社の人は云った。
「右から、K大学教授で、かねて鉄道に深い理解をお持ちの、広瀬善太郎先生。次に坐っておられるのが、女性ジャーナリストとして近来ジャーナリズムの第一線に御活躍の、『婦人の光』編集長、村井哲子先生。左の端にいらっしゃるのが、有名な評論家で、詩や戯曲などもお書きになる一本松健先生です。

さて、先生方には、今日はまことに御多忙中の中をよくおいで下さいました。ここに集まっております三十二人は、全国各地の、国鉄の現場長でございます。現場長と申しますのは、分りやすく説明致しますと、例えば駅長です。北は北海道、東北から、四国、九州まで、各地方の駅長、それから機関区長、車掌区長、公安室長、保線区長、客貨車区長などが参っておるわけであります。

日本国有鉄道におきましては、現在四十万職員打って一丸となりまして、いわば鉄路を枕に討ち死するくらいの覚悟で、輸送力の増強、サービスの拡充にこれ努めているのでございますが、なお且つ世間から悪口ばかり云われるのは、どこかに未だ足りない点があるからに違いないと、深く反省を致しまして、毎年何回か、全国から現場のチーフ三十名程度に参集を求めまして、中央においてこのような研修会議を開いております。つまり、駅長、車掌区長、その他現場長の再教育であります。この人たちは、自分の持ち場へ帰りますと、それぞれ一国一城の主で、緑色のテーブル・クロスをかけた大きな机の前に坐って、扇風機など構えて、大勢の部下を指揮しているのでありまして、お手許にお渡ししてある名簿を御覧下さればお分りと存じますが、国鉄に奉職して既に三十年、四十年になる者が大部分であります。しかしここへ参りますと、二週間の間は完全に缶詰めにされまして、なかなかぎゅうぎゅう云わされて、みっちり講習を受けますので、これから現場へ帰りましたら、必ずこの研修の成果を、発揮してくれるものと、私どもの方では、大いに期待しているわけでございます。

つきましては、本日は先生方から、乗客の代表としまして、御意見何なりとも聞かせてやって頂きたく、また同時に、これら現場長たちの日頃考えておりますところも、いろいろ聞いてやって頂きたいと存ずる次第であります。本社の営業局からは、私、安藤が列席致しますから、お話の内容によりましては、私の方からお答えすることがあるかもしれません。

それではどうか、ゆっくり一つ、忌憚のない御意見の交換をお願いしたいと思います。最初に、広瀬先生から、如何でしょうか？」

K大学の教授が、指名されて立ち上った。

「K大学の広瀬です。大体今日は、三人対三十二人で、相手は只今のお話にもあったように、国鉄の飯を三十年も四十年も食ってこられた鉄道の主《ぬし》みたいな人々ばかりであるから、懇談会などと云っても、これでは、下手なことを云っては人数の少ない私たちの方が、逆に吊るし上げに逢いそうだ、私はいやだと云ったのですが、まあ是非にということで出て参りましたので、出て来た以上は平素思っていることを、遠慮無しに申しますが、大体国鉄は、サービスなんて云ったって、安藤さんはどうか知りませんが、官学の法科出の、今では役人ではないかもしれないが、元々役人気質の強い御連中が、がっちり上層部をおさえられて、少なくとも近年までは、汽車には乗せてやる、乗客は文句を云うなという主義で、サービスなどということは、考えたこともなかったでしょう。それが、敗戦後の風潮で、急にサービスなどと云い出したものだから、サービス、サービスと掛け声ばかりで、何がサービスかよく分らずに、きりきり舞いをして、とんちんかんなことばかりしていらっしゃるように、私たちには見受けられます。サービス強調旬間などと云って、サービスという言葉だけで辻褄を合わせて満足していて下さっては、困ります。早い話が、どこの駅でもこの頃、スピーカーの放送というものは、とても親切そうで、丁寧そうで、やさしそうで、かゆい所に手が届きそうで、くどいくらいに同じことを云っているけれども、あれでサービスが済んだつもりでは迷惑というものです。スピーカーの大声というのは、聞きたくない人の耳にも、無理に音を押し込むもので、本来一種の暴力行為です。第一、しばしばよく聞きとれないことがある。機械が悪いのか、放送する人が下手なのか、とにかく声が割れて、うまく聞えないことがあるし、それに一人一人の客にすれば、あれではまだ不充分で、相談したり確かめたりしたい事柄ができてきますから、それで駅の案内所へ行ってみると、どうですか。あの、木で鼻をくくったような態度はどうですか？　およそ、親切でなくて、丁寧でなくて、やさしくなくて、何も分らない。

『このあとに、もう空いた急行はありませんか？』

『無いね。』

『困ったなあ。子供連れなんですがね、明日は月曜日だから、明日のこの汽車にすれば、もう少しは空いてるでしょうか？』

『分らんね。』

『何時頃から並べば坐れるでしょうか？』

『そんなことは云えないね。早い人は早くから来てる。』

　ざっとこういう具合で、これなら何も、案内所へ相談に行く必要はない。それでも返事を口でしてくれるのはマシな方で、ただ首を振ったり顎を突き出したりして見せるだけの職員がいるのを、駅長さんたちは御存じでしょうか？　私の考えでは、そうでなくても我国、人間が多過ぎて騒々しい国だから、聞き取りにくいスピーカーの放送なんか、うんと制限して、駅の騒音を少なくして、その分だけ精力を案内所の方へ注いで、分らない人は案内所へ行けば、それこそ、かゆい所へ手が届くように親切に教えてもらえるというふうになるといいと思うのですが、不特定多数の乗客相手には、スピーカーで親切そうな口をきいて置いて、特定の個人には極めて横柄だというのが、我が国鉄のフロント・サービスの特徴であると思います。例に出しては気の毒ですが、大体駅員は、スピーカーを玩具《おもちゃ》にしている気味がありはしないか。この間、山陽線を急行『安芸』号で通ったところが、笠岡の駅へ着くと、『カサオカーン、カサオカーン、カサオカーン、カサオカーン。』あんなに云わなくても分るじゃないか。乗り降りの客も極く少ない駅ですからね。無論笠岡の駅だけではありません。特に、夜半の、人が寝ている時にやるのが、面白くありません。スピーカーの暴力的な金切り声で、一律にサービスを配給したつもりになっているのが、私は気に入りません。国鉄は、スピーカーの騒音を制限せよ、そして一人一人のお客に、もっと丁寧に接してくれ、これが私の第一番に云いたいことです。」

広瀬教授がそう云い終って着席すると、駅長の一人が、手を挙げた。

「ちょっと、今の騒音の件でありますが、私は九州、門司管理局管内のS駅長でございます。先生の御注意身にしみて分りました。しかし、一と言簡単に云わせて頂きますならばですな、東京の方の教養のあるお客さん方は、一々スピーカーでやかましいことを云わなくても、分って下さる人が実際多いと思いますが、われわれは皆、九州の果ての方の田舎者で、お互いにそう、すばしこくないから、駅長などとしましては、いろいろに苦心して、これが何処行きの列車であるか、何遍も何遍も同じ放送を、それこそ騒々しい程にやって聞かせて、それでもあなた、『駅は何しとるか。間違えて鹿児島行に乗って、一日棒に振った。汽車の出る時は、もっとしっかり放送せんな。』などと云って、苦情を云って来る人があるのであります。そうかと思うとですな、『国鉄はこの頃、汽車にも駅にも高い金を使ってスピーカーを取りつけて置きながら、ちっともあれを活用していない。バス・ガールを見よ。観光バスを見習って、もっとスピーカーを有効に使え。地方色豊かに黒田節か炭坑節でも聞かせて、賑やかに人心を楽しくせよ。』と、こういう投書が来るのであります。先生のお説に異議を唱えるわけではありませんが、お話を聞いておると、多少私は平重盛のような心境になりましたので、ちょっと私の方面の田舎の実情を、申し述べる次第であります。」

もう一人、手を挙げる人があった。

「私は、長野管理局管内の、M保線区長であります。どうかよろしくお見識り置きを願います。一体この、南国方面の人間は、気風が概ね開放的で、歌なども好きで、悪く云えば浮かれ心地で春夏秋冬を暮らしておるというふうに申しますが、私の方は、信州信濃の山の国と云いまして、俳人一茶の故郷で、雪の深い地味な土地柄でありまして、由来教育に熱心な、地方文化の程度なども高い所であります。只今の先生のお話は、私にはよく分るのであります。したがいまして、長野管理局方面では、騒音防止というような点も、国鉄の部内部外を問わず、近代的感覚をいち早く学び取りまして、相当真面目に考えておる者が、大勢居るのでありますが、ただ、ここに一つ、困った事例を申し上げます。それは騒音防止の見地から、踏切の自動警報器に、ボロ布をつめこんで、音が出ないようにしてしまった人があるのであります。警報器が鳴らないと云うので、公安と一緒に行って調べてみましたところが、踏切の近所に住む学生さんが、音量過剰で勉強できないと云って、勝手にボロ布をつめこんだということが、分りました。これは人命に関係する危険なことでありますので、直ちにボロを抜き取りまして、元通りに致した次第でありますが、先生方はこういう事例に関しましては、如何ようにお考えでありますか。なお御検討を願うために、御参考までにちょっと申し上げます。」

「それは、御検討を願うって、そんなの、保線区長さん、あなた皮肉を云ってるのじゃないんですか?」と、『婦人の光』の編集長、村井哲子女史が発言した。「皮肉でなければ、それは、そんなの、迷うことなしに、どしどし取り締ったらいいじゃありませんか。無論、理想的に云えば、全部の踏切が立体交叉するか、自動遮断になればいいでしょうけど、人の命に関することですもの、取り締るのが当り前だわ。サービスということの、鉄道のサービスの根本はね、わたし、正確に安全に列車を走らすことだと思うのよ。それがこの頃は、何でもお客にニコニコ顔を見せるのがサービスというふうに、みんな思いこんでしまって、乗客が不都合なことをしていても、なかなか強いことを云わないんです。甘やかすことがサービスだと思っていらっしゃる傾向がある。お客を甘やかすことは、決してサービスじゃあないと、わたし、思うのです。例えば、夜ふけの電車の中なんかで、酔っ払いが女性に失礼な振舞をしているのを、車掌さんが廻って来て、見ていても、なかなかはっきりした態度をとらないのね。『まあまあ』なんて、酔っ払いにつき合って、適当にお茶を濁してるわよ。あれなら、酔っ払いの方は御機嫌いいでしょうけれど、変なお客にも叱言一つ云わないでそっとして置くというようなサービスは、他の大勢のお客さんには大変迷惑なんだから、マイナス・サービスというものだと、わたし思います。検札ばかり熱心にやらないで、収入増加にはならないでしょうけど、不都合なお客を、もっと権威を持って、しっかり取り締って頂きたいと思うのです。

だけど、今広瀬教授がおっしゃった、スピーカーの使用制限のことは、わたしも賛成なの。わたしは、毎朝新宿駅で国電に乗り換えているのですけど、『お早く願います！　うしろ、乗り切りました。急いで下さい。ドア、しまります。お早く！』って、わたしたち通勤者は、それでなくても遅刻しそうで、気が急《せ》いているんですから、『お早く！　お早く！』と云われても、あれ以上お早くできやしませんよ。毎朝毎晩、云う方もつらいでしょうけど、聞く方もつらいわね。どちらかと云えば、馬鹿の一つ覚え的な放送、お互いの神経をいらいらさせて、朝のうちから疲れてしまうのです。

それからわたし、未だ云いたいことはいろいろあるので申し上げますが、国鉄って、どうしてすべてが、ああ杓子定規で、臨機応変の措置をとることが下手なのかしら？　去年の夏、山の避暑地の駅で、夕方雨が降り出しました。ところが、未だ列車の到着までに大分時間があるので、改札口もしまっているし、出札口もしまっていて、切符が買えないのです。出札口から東京へ帰るハイキング客の長い行列が続いていて、駅の屋根の下に入っているのは、ほんの何十人かで、ほかの人は皆、道へはみ出して俄か雨に打たれているのですが、それでもやっぱり、時間が来なければ、切符は売り始めない。その時、駅長さんなり、出札係なり、ほんのちょっと気をきかせて、早目に出札と改札とを始めて下されば、みんながプラットフォームの屋根の下と、待合室の屋根の下へ入って、濡れないで済むのですが、規則通りしてさえいれば、間違いはないという、長年の癖がしみこんでいて、何でもとにかく規則一点ばりで、こういう時頭がやわらかくスマートに廻転しなくなっているのだと思います。

それから、湘南電車の中で、こんなことがありました。二等の切符を買って乗ったのだけれど、坐れないので、わたし、二等車のデッキに立っておりました。——一体、国鉄って、お客を立たせて置くことは、実に平気ね。さきほどわたし、鉄道のサービスは、本来、安全に正確に列車を走らせることだと申しましたが、今気がついたから、鉄道のサービスというのは、安全に正確に坐って旅をさせることだと、訂正致します。ほんとに、長距離の電車ぐらいから上は、原則として腰かけられるようにならないものでしょうか。ところで、わたし二等車のデッキに立っておりましたら、日本人の女を連れたアメリカ人らしい外人が、やはり立っていました。何をする外人か分らないけど、やはり軍人かもしれないけど、大分年輩の男です。連れの女の人は、地味な黒いスーツなんか着て、品のいいお化粧で、いわゆるオンリーの風俗じゃあないの。それとなく二人の会話を聞いていると、どうやら正式に結婚している夫婦らしいのです。そのうち、列車手というんですか、青い腕章を巻いた乗務員が、デッキに出てきたので、わたし、どの辺まで行ったら二等車が空くか、訊ねました。すると、その外人と連れの女の人も、同じようなことを訊ねている。乗務員は、わたしにはあたり前の口をききます。外人にも、あたり前の、どちらかと云うと丁寧な態度を見せています。ところが、外人の連れの女の人にだけ、物言いがあたり前じゃないのね。一方が丁寧に訊ねているのに、いやにつけつけと、まるで頭から売春婦扱いをするのです。女の人、顔色も変えず、我慢して、云われた内容を男に英語で話していましたけど、見ていて可哀そうでした。外国の兵隊に身体を売っている女たちを、若い国鉄の職員が軽蔑したい気持になるのは、それはよく分るけど、外人と日本人との一組だと見れば、片方を何でもかでもパンパン扱いするのは、これも見境いなしの、杓子定規、この時代に少し国際感覚が無さ過ぎるんじゃないかと思います。

最後にわたし、国鉄職員の使う日本語について、一と言申したいと思います。正しい日本語を使うように、指導して頂きたい、敬語の使い方なんか、放送を聞いていると、とても変なのです。

『準急券のお持ちしてない方は……』とか、『お乗りやすい口を選んで……』とか、変な日本語がよく耳につきます。

『降り乗り御順に……』というのも、理屈から云えばそうでしょうが、やっぱり日本語としておかしい。それから、方言のまる出しもどうでしょうか？　上野駅で、茨城県出身の駅員にちがいないけど、

『ウイノ、ウイノ』と呼んでいるの、耳につきます。国鉄職員の、標準語教育の講習会もやって下さい。今は、私たちの雑誌に関係のあるいろいろの方面でも、デザインのよしあし、アイディアのよしあしということは、相当うるさく云われて、デザイン料、アイディア料というようなものに、高いお金が払われるのですが、一体、お役所式気風というのは、こうした無形のものには、お金を使いたがらない、使おうとしても予算が取れないという傾向があるのと違いますか？　汽車の塗り色なんかでも、色

彩研究所あたりに、しかるべき費用を出して、研究をしてもらって、もっと気持のいいものになさったらどうでしょう？『つばめ』と『はと』の、あのべたべたべたと全部緑色に塗りつぶしてあるのね、わたし、感心しないの。東京急行の、渋谷桜木町間の急行電車がやっぱり、べたべたの緑一色でしょう？　あの急行電車を芋虫、『つばめ』と『はと』を、青大将って云うんですってね。国鉄は、大きな所帯で、世間にあるものは大抵なんでも揃っているでしょうけれど、国民の鉄道なのだから、時には、少しばかりお金を払って、外部の知恵もお借りになるといいと思います。」

村井女史の発言が終ると、一人の、肥った赤ら顔の駅長が手を挙げた。

「私は、大阪管理局管内のT駅の駅長でございます。さっきから、先生方のお話伺ってると、国鉄はえらいボロクソで、もう、ええとこ一つも無いみたいに聞えて、穴があったら入りたいほど恐縮しとりますが、しかし、今日は申し上げたいことあったら、お前等も発言したかてええというお達しですから、失礼を顧みず、一寸の虫にも五分の魂、盗ッ人にも三分の理というところで、少し云わせて頂きますが、まず方言の問題ですが、そもそも京大阪の人間は、自分らの所の方がお江戸より六、七百年歴史が古いもんやさかい、一般に、無理に自分らの方の言葉やめて、東京言葉使わんならん

というふうに、思うてません。東京の言葉が日本の標準語やと、必ずしも思うていない。ラジオのアナウンサーは、

『ヒョウゴの駅で、今朝脱線事故のため……』と、こない云いよるけど、『ヒョウゴ』という駅はあっても、『ヒョウゴ』という駅は、国鉄にはありません。これ、無理に、『ヒョウゴ』云わされるのんやったら、兵庫の駅のもんは、兵庫の駅が自分とこの駅やないみたいな気、するやろと思います。村井先生も、あちらの御出身やそうで、関西も神戸に近い方のお育ちやいうことで、争われんもんで、御言葉のはしばしに、あっちのアクセントお出しになるので、えらいおなつかしいなあ、思うて聞いておりましたが、今の御意見も、そういうふうで、料金の足らん切符で出口出て行こうとするお客さんと応待するにしたかて、大阪では、

『もしもし、これはどうなすったのですか？』というふうに云うては、何となし冷めとうに感じられる。そこを、

『もし、オッさん。これ、どないしてん？　乗り越し、ちがうか？　払うてってや。』と、こない云えば、喧嘩の一つもせんと済むという場合があるのでございます。そういうわけで、方言の活用も、その土地柄土地柄で、必ずしも悪いことばかりはないや

ろうと、私は愚考致しとります。

それから次に、東京のお客さんのことは知りませんが、大阪方面では、お客さんにもエチケットを心得ん柄の悪いのが、たんといてはります。私とこの駅は、私鉄との乗換駅で、日に五万人の乗換客扱うてますが、村井先生、女の人のハイヒール、あれ、何で猫も杓子もあんなカカトの高い靴穿かんならんのでしょうか？ 私思うに、あれは、西洋人が、晩餐会たら云うて、絨緞の上から自動車で、また絨緞の上へ乗りつけて行く時の靴やないのですか？ 国鉄は、何でも規則の一つ覚えの杓子定規やからいかんと云われましたが、女の人のハイヒールかて、杓子定規の一つ覚えとちがいますか？ 出来ることなら、電車族の通勤女性はハイヒール穿かんように、『婦人の光』あたりで、女の人にそういう呼びかけをして頂けませんやろか？ 朝七時から八時ごろへかけて、私とこの駅の狭いフォームは、押しあいへし合いで、ハイヒールやと行動の自由がきかんもんやから、毎朝何足ちゅう靴が、電車とプラットフォームの間へ、脱げて落ちますのです。極力、駅員に拾わすように指導してますが、それで、駅の若いもん、いつでも生命がけでフォームの下へ下りて、靴拾うて差し上げてるのですが、村井先生の前ですが、眉毛細うに描いて紅仰山塗った、オナゴの若いの、一番態度よろしいない。有難うとも云わんと、足突き出して靴穿かせよる。駅員かて人間ですから、特に若い駅員は自尊心も羞恥心も強いから、十円払うて切符買うたら、落した靴拾わせて、それでもえらいお客さんで、威張ってるのかと思うたら、ゲンクソ悪い。先生方の方でも、国鉄の悪口おっしゃるのと同時に、国民の、お客さんの方向いても、もうちょっと交通道徳昂揚というか、駅員の気持も少しは汲んでもらえるように、よう云いきかせて上げて欲しい、こない思います。」

「村井女史、そろそろ、こっちが吊るし上げになって来たよ。」と、K大学の広瀬教授が云った。

その時、

「私は東北地方、青函管理局管内のA客貨車区長であります。」と云って、もう一人の現場長が立ち上った。「只今は、大阪のT駅長が、いささか失礼にわたる発言を致しましたが、私もT駅長の驥尾《きび》に付しまして、ほんのちょっと申し上げさせて頂きます。それは、先生方を通じまして、広く乗客の皆様方にお願いを申し上げたいというす。微意に発するものでありまして、他意は全くありませんから、どうか御諒承を願います。

第一に、我が国民は、列車に乗りますと、どうしてあんなに沢山物を食べるのでありましょうか。弁当殻、竹の皮、菓子箱、紙袋、バナナ、蜜柑の皮、栗の皮、煙草の吸殻、新聞紙、百貨店の包み紙、われわれの方のゴミ焼場で処理する、これらの食べ滓の山を、一度先生方にお眼にかけたいと思います。沢山食べるので、随って沢山排泄される。それも走っている間になさる分は、線路上に雲散霧消致しますが、停車中になさった分は、固まって落ちて来るので、駅ではほって置くわけに行かない。尾籠ながら、やわらかい大きい新鮮な奴は、まことに処置に困るものであります。不思議なことに、駐留軍列車を扱いますと、身体の大きな若者たちばかりで、どんなにか沢山食い、沢山排泄するかと思われるでしょうが、案に相違して、あまり食べず、出すものも、固まっておって小さい。それはともかくと致しまして、一番困るのは、その食べ滓、ビールの空きびんなどを、排泄物と一緒に客車内の便所へ叩き込まれることであります。客貨車区へ列車が廻送されて来た時には、山盛りにつまってしまっておって、水を流しても、棒でつついても、取れるものではありません。どうするかと申しますと、仕方がありませんから、客車の下へ入って、パイプの中へ下から手を突っこみまして、抜き出すのでありまして、これを、私どもの方では、『産婆をやる』と申しております。客車内の便所のお取扱いを、もう少し、お手やわらかにお願いしたいと思うのであります。ひいては、列車内での飲食の習慣を、もう少し節して頂けると一層有難いと思うのであります。実際、私たちの客貨車区の人間は、駅弁売りの顔を見ると、あまりいい気がしないのであります。

第二に、これは私の方の客貨車区に直接関係したことではありませんが、近頃あちこちに、民衆駅というものが出来ました。古くなりました駅舎を、改築したいと思いましても、予算の関係でなかなか早急にはゆかない。そういう場合、民間資本と提携致しまして、駅を新築し、駅の構内に、出資者の店を出すことを許可すると、こういう方針で建ちました駅のことで、東北本線宇都宮駅とか、この近くでは、中央線の高円寺の駅とかがそれであります。

ところが、近頃は民主主義の思想が徹底し過ぎましたる結果、

『国鉄は国民のものだろう。民衆駅というのは、民衆の駅だろう。待合室が一杯だから、駅長室で休ませろ。いい椅子があるではないか。民衆駅なら民衆駅らしく、もっと民衆に開放せよ。』と云って、やたらに駅長室へお客さんが入って来られる例が、見られるのであります。勿論、御病人であるとか、身体の御不自由な御老人が居られ

るとかいう場合は、私ども、区長室でも駅長室でも、喜んでお休みを願いますが、誰彼かまわず利用して頂くということは、執務上具合が悪いと思いますが、如何なものでありましょうか？

第三に、これは先生方に申し上げるより、むしろ国鉄本社の方へ具申したいのでありますが、近頃どしどし新しい設備を備えた新しい車輛が出来て、当客貨車区にも入って来るのでありますが、あまり設計が進み過ぎてモダンになりますと、東北方面では実情にそぐわない、便利なものが却って便利でなくなるというようなことがあります。

例えば、いわゆる軽量客車の、乗降口のドアが、折り畳み式になったのは、私の方の客貨車区へ入って来る時には、大抵こわれてしまっている。東北の人間は概して保守的でありますから、従来のものと違うと、どう取り扱っていいのかなかなか分らず、引っぱったり、叩いたり、蹴ったりして、苦心を重ねておる間に、こわれてしまうのであります。客車内の暖房加減弁を、お客様の方で自由に動かして温度を調節できるようにした新しい装置も、結局取扱い方が分らないから、あついとなったら無茶苦茶にあついまま、寒い時には、しぼってしぼりっ切りで、震えながら長い旅をして来られます。洗面所に水石鹼など備えましても、何か分らず、化粧水と間違えて顔に塗って行く人がある。総じて、東京で通用することが、東北でもそのまま通用するとはかぎらないのであります。私のちょっと申し上げたいと思ったことは、大体以上の通りであります。」

青函局管内のA客貨車区長と交替に手を挙げたのは、東京の西の方の、或る車掌区の区長であった。

「さきほど村井先生から、アメリカ人が連れておる日本女性に対する、乗務員の接遇態度について、国際感覚が欠けておるのではないか、というお話がございまして、私、非常な関心を持って伺いました。と申しますのは、私の方の受け持っております線の沿線には、駐留軍の基地が沢山あります関係上、毎日、実にこの、困惑するくらい、国際色に恵まれておるからであります。

私など子供の頃には、異人さんと出来た、国際結婚だなどと申しますと、何しろ珍しくもありましたし、何となくそれは特別な人間のような気がして、どちらかというと多少の尊敬の念を以って見たものでありますが、この節外人の同行者と見れば、どうも軽蔑の念の方が先に湧くのが一般の風潮であることは、正に御指摘の通りであります。それというのが、私らの方の三等線区になりますと、田舎のことで、お客さんとの馴染みが割に深いのですが、それだけに、この間まで毒消し売りなどしておった村の小娘が、暫く見ない間に、急にあちら出来のオーヴァなぞを着込みまして、ツンとして乗って来たり致しますと、『ナンダ、一人前の顔しやがって。毒消しの頃忘れたのか。』という気持に、ついなるのであります。しかし、異人さんとどうあろうと、とにかく国鉄にとっては、お客さんでありますし、仰せの通り、中には事情のまるきり違う方もおられるでしょうし、成るべく公平に、無闇に個人的な感情を出さないで接遇するように、折角指導するつもりではおります。

一方アメリカさんの方はと申しますと、これも、なかなかいいところはあります。無茶をされても、こちらが遠慮せずに、理のある所をはっきり主張しますと、案外あっさり分ってくれるのであります。特に、定期券を持って通勤しているアメリカさんは、皆紳士です。定期券は現在、日本人通勤者の、通勤定期と全く同じものを買ってもらっておるのであります。数年前までは、ストーヴにあたりたいと思えば、勝手に、『おい、どけ。』という調子で事務室へ入って来たものでありますが、最近は、『寒いから、何時何分の発車までちょっとあたらせて欲しい。構わないか?』という

ふうに、大変礼儀正しくなってきました。基地に連絡や挨拶に参りますと、マスター・サージャンが、

『どんな細かいことでも、困ることがあったら、どしどし云って来てくれ。』などと丁寧なことを申しまして、曲りなりにも当節では、お互いに親しみができてきましたですな。

もう一つ、アメリカさんのいいところは、事故などあって、列車電車が遅れたような場合、不思議にこの、不平を云いませんです。黙って、じっと待っております。せっかちにワイワイ騒ぎませんです。聞くところによりますと、彼等は、鉄道の受持範囲内に一旦入れば、何があっても、鉄道の係員にまかせて、その指示に従うという、そういう訓練が子供の時から出来ておるからだということですが、そういうものでありましょうか？

先般、東海道線が不通になる事故がありました際、たまたま総裁が湘南方面の駅におられて、助役に訊いても駅長に訊いても、隣りの駅に電話をかけさせても、何時頃復旧の見込みか、何がどうなっているのやら、誰も、『分りません』『分りません』という返事ばかりで、すっかり腹を立てられて、これではお客さんが怒るのも無理もな

いと、局長以下呼びつけられてお叱りを受けたそうですが、この、事故の際の、乗客に対する情報伝達がうまく行かないというのは、私の長年の経験によりますと、国鉄部内で、乗客に直接接する部門の人間と、乗客に接しない部門の人間との、観念、心持ちが離れ過ぎているからではないかと思うのであります。技術屋さんは、事故と云えば、どうしても復旧一本槍、技術のことばかりで、乗客がどんなに困っていらいらして居られるかというようなことには、頭が向かない。したがって、駅への連絡もおろそかになるというような点が、あるのであります。特に、私どもの方のような、駅によっては、駅員一人、電話一本というようなところで事故が発生致しますと、まことに処置なしの状態になるのでありまして、一体に、東海道線のような、国鉄の最高度の設備を持っておるところのサービスを標準にして、田舎の三等線区を律して頂くと、甚だ私どもはつらいのでございます。

ところで、元へ戻りまして、私どもの方の国際色の問題でありますが、最近非常によくなってきたとはいうものの、やはり困る問題が始終起っております。酔っぱらって、窓ガラスをビールびんで叩き割る、子供が投石をやる、線路に石を置く、電車のドアをおさえて発車させない。それから、最近、戦時加俸という奴が無くなって、俸給が減っているのだそうで、ひどく勘定がこまかくなりまして、十円区間の切符で、何処でもどやどやと、一と固まりになって出て行ってしまう、これは毎日です。構内タクシーの料金を踏み倒す、これも一週間に一件や二件ではききません。どうも、あれが文化の香り高い国から来ている連中かと思うようなことを、やはりのべつに見せつけられておるような次第であります。」

「アメリカの兵隊のことを、文化の香り高い国から来ているお客様などと思うから、間違いが起るのじゃないんですか。」と、評論家の一本松健氏が発言した。「軍隊というものは、アメリカの軍隊にしたって、ソヴィエトの軍隊にしたって、或いはフランスの軍隊にしたって、要するに大がかりな暴力団のようなものです。そこでは、規律の下に知性やヒューマニティが抑圧される。『汝の隣人を愛せよ』とか、『殺す勿《なか》れ』とかいう戒律を守ろうとしたのでは、軍隊は成り立たない。兵隊には、懐疑の精神は不要であります。文化の香り高い軍隊などというものは、由来あり得ないのです。兵隊が子供を救ったなどというヒューマニスティックな美談が、しばしば新聞種になるのは、本来あるべき姿とちがうものが、ひょっこり芽を出すところが面白いからでしょう。先程村井さんから、国際感覚という言葉が出ましたが、それは、外人の兵隊を尊敬せよという意味ではありますまい。無論、外人をないがしろにせよということでもない。国際的視野に立って、とらわれずにものを見ることだと思います。今日、一番初めに、安藤さんから、国鉄職員打って一丸となって、線路を枕に討ち死などという言葉がありましたが、冗談にもせよ、そんな大時代な感覚は困る。事大主義も困る。線路を枕に討ち死してもらっても、何にもなりはしません。」

現場長たちは、分ったような分らないような顔をして聞いていた。一本松氏は、更につづけた。

「国鉄には、よく言われることですが、どうも国鉄一家という風な、前近代的な匂いが、強く残っているようですね。だから、退職幹部の公邸と私邸取り替え事件などというのが起るのでしょう。そして、上が上だから、下も下で、静岡の、例の労組大会に二等寝台車を廻して、ホテル代りに使っていたいわゆる二等寝台車事件などというものも、出てくるわけでしょう。

いつか、本社の或る幹部に会ったら、

『国鉄は日本人の大人には評判が悪いが、子供と外人には非常に評判がいいんです。』

と云って自慢していましたが、私は驚きましたね。汽車ポッポが子供に人気があるのは、それはあたり前ですよ。それから、外人というのは、どういう連中を指すのか知らないが、普通、国鉄一家の内情も、三等客車の混み具合も知らずに、お世辞を云って行くんでしょうから、それでいい気持になっていられては、困ると思います。

それから、国鉄は運賃値上げの予備工作として、始終赤字赤字ということを云っているのだけれど、私は赤字解消に大変役に立つ方法を考えているのです。それは、職員パスを廃止することです。国鉄の職員は、国鉄だけでなく、全国の私鉄や、場合によってはバスにまで、無制限にタダで乗れることになっているけど、こんな大幅な特権を持っている職業は、ほかのどこにもありません。国鉄の職員パスの寸法で行けば、郵政省の役人は、手紙や小包が全部タダになり、電信電話公社の人は、電話料金が不要にならなくてはならない理屈で、ついでに日本銀行の行員は、オサツが全部タダになるということになったら、生命がけで日本銀行に就職運動を起す人が増えて、困るでしょうが、何しろ、他所で通用しないことが常識になって、通用しているのです。

さっきから、お話を伺いながら、頂いたパンフレットを繰って計算をしてみていたのですが、ここに書いてあるところによると、昭和三十一年度の国鉄の年間旅客収入は、千四百八十一億五千万円となっています。日本の人口を九千万人として割り算をすると、国民一人あたり、平均千六百五十円あまりのお金を、一年間に国鉄に、運賃として払っている勘定になります。しかし、実際は、九千万人の中には、中風で動けないお爺さんも、赤ん坊も、運賃を全然払わない国鉄職員も含まれていますから、健康な働き手の払っている運賃は、もっと平均が高いはずですが、一応一人千六百五十円とおさえて、さてこれを、ここに出ている国鉄職員の総数、四十四万二千五百人に掛けてみると、七億三千万円なにがしという答が出てきます。つまり、職員パスを廃止すると、どんなに少なく見積っても、年間七億円以上の増収が見込めるわけで、これは赤字解消には、相当役に立つでしょう。現場の皆さん方から、一つ、パス返上の運動を起してもらえないものかと、私は本気で思っているのです。」

一本松氏がそう言って着席すると、すぐ、本社営業局の安藤氏が立ち上った。

「ええ、只今の一本松先生の御発言は、どうも、こう正面切っておっしゃられますと、まことに御返事がしにくいのですが、やはり何ですね、国鉄の職員にとりましては、電車、列車、駅のプラットフォーム、町にある管理局、信号所、すべて自分の仕事に関係のある職場でございますから、職場へ入ったり、職場を廻ったりするのに、いちいち金を払って切符を求めて行くということでは、いろいろ円滑を欠く点が出てくるのではないかと存じます。それに、この問題は、国際的視野に立って眺めますと、やはり世界各国とも、鉄道従業員は、その所属鉄道のパスだけは少なくとも貰っておるようでありまして、詳しくは存じませんが、ヨーロッパでは、各国お互いに他の国の鉄道まで自由に、一枚のパスで乗って行けるとかいうことで、古くから国際的慣習になっておるもののようでございます。また、日本の各事業会社に致しましても、社員には、通勤のための交通費とか、出張の際の旅費とかいうものは、これはどこでも支給しておるわけで、国鉄の職員乗車証も、まずそういう性質のものと、御理解願えれば、よろしいのではないかと思いますが、どんなものでしょうか？」

「それは」と一本松氏が答えた。「車掌さんが大阪行の列車に乗務するのに、大阪行の乗車券を買って乗れとか、駅長さんが汽車を発車させるのに、入場券を払えとか、そんな馬鹿なことは、私は申しませんよ。それは、あたり前の話です。通勤のために必要なら、通勤パスを認めていいのです。ただ、それなら一般の定期券と同様に、パスにはっきり、通勤区間を明記するがいいと思います。或いは、もう一歩ゆずって、職場が広範囲に拡がっているということなら、例えば名古屋管理局の職員は名古屋管理局管内だけは、自由に無賃で乗って行けるようにしても、まあいいかもしれません。

しかし現在の、鹿児島の駅員が北海道の果てまでもタダで遊びに行って来ることができるというような制度は、他の社会に較べて少々虫がよすぎるのではありませんか?」

「それに、国際的慣習とおっしゃるけどね」と『婦人の光』の村井女史が発言した。「そんな慣習があるんだったら、日本の国鉄が、世界の鉄道に先がけて、そういう面白くない風習を廃止したって、ちっとも悪くないんじゃないかしら。第一、無賃乗車証が、四十四万何千枚も発行されてるなんて、そんな無茶な国は、どこにも無いのじゃないでしょうか? 私も、一本松さんの提案に賛成いたします。」

「私も、大体賛成の方ですね。」と、広瀬教授が云った。すると、門司管理局管内のS駅長が手を挙げた。

「そのパスの問題につきまして申しますならばですな、ご存じのように、国鉄では先年、大英断をもちまして、従来の家族パスの方だけは、全廃してしまったわけでありますが、これだけでも、いろいろ抵抗と申しますか、田舎では厄介な問題が起っております。これまで、国鉄の職員の娘が、年頃になって嫁に行くという場合には、娘の分の家族パスも、一緒について行きましたものです。つまり、田舎ではこれが、一種の持参金のような形のものであったわけであります。ところが、家族パスが廃止になってその持参金が立ち消えになってしまった。それで、それ以来、婚家でもって嫁さんの立場がどうも悪くなりまして、何となく風あたりが強くなってきて、居づらくなってきたというような例が、私どもの方に実際にあるのであります。いや、これはどうも、議論の本筋からいささかはずれたかもしれませんが……。」

するとほかにも、半分独り言のように発言する人があり、パスの問題が出て、懇談会場の空気は、何となく少しざわついてきた。

大阪管理局管内の、赤ら顔のT駅長は、甚だ面白くないような顔をして、黙って手帳などひらいて眺めていたが、急に、

「一本松先生は、私らのパス、羨ましがってはるのと違いますか。」と云った。

一本松氏は、ムッとした顔をして、何か言いかけたが、T駅長はつづけて、

「いや、失礼なことを申し上げましたが、しかし、一本松先生、話は違いますが、先生は詩やお芝居の方もお書きになるちゅうことで、私、先生のお話伺うてて、一度先生のお書きになったもの、読んでみたい気してきましたが、先生の芸名は何と云われるのか、一つ教えて下さい。」と、本気なのかどうか分らないようなことを、真面目

な顔をして質問した。

一本松氏は、ますます面白くない顔をした。本社の安藤氏はそれを見て、あわてて立ち上った。

「一本松先生の御専攻は、英国の近代戯曲です。芸名ということはない。ペンネームの意味でしょう。先生はペンネームはお持ちではありません。一本松健の本名で書いておられます。文芸雑誌などを見れば、よく執筆しておられるわけです。では、そろそろ時間がきたようですから、この辺で打ち切りに致したいと思います。それでは、起立、礼！

先生方、どうも本日は、ほんとにありがとうございました。」

（昭和三十三年五月）

観光バスに望むもの

わが国で「観光バス」と呼ばれているものには、どうも二つの種類があるようだ。

一つは「はとバス」のような、東京なら東京の、名所旧跡をいくつか選んで、一定コースを一定の時間で廻り、寺や博物館や神社を手軽に見物させる、本当の意味の観光バスである。この観光バスの客たちは、初めから、名所を案内してもらい、説明してもらう目的で乗り込んで来るので、これで或る土地から他の目的地まで、——例えば渋谷から銀座まで、輸送してもらうつもりの物好きはあるまい。したがってスピードも問題にする必要はないし、料金も「見物賃」の意味の方が強いから、普通の運賃の高い安いとは少しわけが違う。

この種の観光バスに、私は戦後、東京でも京都でも一度も乗ったことがない。昨年外国旅行中も、ローマで一度利用しただけで、そのほかでは一切乗らなかった。

京都の「名園めぐり」の観光バスなどは、乗ってみたいと思っているが、まだ機会がなく、東京はよく知っていて、今さら観光バスに乗ることもないからであるが、外国旅行で私が観光バスをほとんど利用しなかったのには、自分流の考えがあった。

短かい滞在日数では、その国、その町のいわゆる有名なところを、案内記をたよりにあれもこれも欲ばって見物して歩いて、結局疲れ果てて何も深くは印象に残らなくなるのが常である。観光バスはそれを最も手軽に効果的にやらせてくれるわけだが、それだけに、その土地の名所を表面的に見てしまうおそれがあり、相乗りの客たちは、おおむね他国の、或いは他所土地《よそとち》の人々で、その町の住民たちの生活の空気にも触れないですますことになる。それよりも、「あの町へ行ってあすこを見なかったのか。」と人に云われても、自分なりに一つか二つのものを、ゆっくり味わって来た方がいいと思ったのだ。

したがって、乗っていないものについては何も書くことがない。聞くところによれば、東京の観光バスのシステムなどもなかなかよくできているようで、地方から来た人たちには喜ばれているだろう。この場合は案内ガールの、故事来歴《こじらいれき》を暗記したおしゃべりの名調子も、無論意味があるし、必要でもある。私自身はあまり好まなくても、観光バス大いに意義ありというべきであろう。

ところが、もう一つ、広い意味（?）の観光バスがあるらしい。

「観光バスで熱海へ行ってみようか。」というたぐいの観光バスで、長距離輸送用の大型バスや、観光バスの会社から借り出した貸切りバスなどを、漠然とさしているようだ。

これも、貸切りで、社員旅行などに出かける分には何も云うことはないが、普通の乗合の長距離バスを、一般に観光バスと呼んで、乃至は観光バスめいたものと考えて、運営していることには、私は非常に異論がある。

伊豆半島を旅行する時などは、鉄道が発達していないから、いやでもこの種のバスの御厄介になるのだが、これが観光を売り物にして、サービス過剰、というより、サービスということをはきちがえ、押売りしてくることには、どうにも我慢のならない胸糞悪さがある。

なるほど伊豆は、景色は美しく、史跡にも富んでいるだろう。しかし、一般の乗合輸送機関である以上、客の中には、不幸があって郷里へ急ぐ者もあろうし、悲しみをまぎらす旅に出ている者もいようし、静かに勉強するために出かけて来た学者もいるだろう。都内一巡の、同じ目的を持った遊覧客ばかりではないのだ。それに対して、キンキン響くスピーカーで、休む暇もなく一律に、暴力的に沿道の説明を黄色い声で押しつけてくるというのは、好意的に云って見当ちがい、悪く云えば厚顔無恥《こうがんむち》、ずいぶん多くの人が、いろいろな場所で不平を述べているようだが、どんなに苦言を呈しても、一向分らないらしいのは頑迷愚鈍という他はない。

日本は、道路が滅茶苦茶に悪いために、車の損耗がはげしく、ガソリンやオイルが沢山要り、スピードは出ず、乗務員の疲労は大きく、したがってバス料金は概して列車の三等運賃より高い。遅くて、高くて、乗り心地が悪いのだから、伊豆のような止むを得ない土地は別として、よほどの物好きでなければ、あまり遠くまでバスで出かける人間はない。現に東京大阪僅々五百数十キロを結ぶバス路線は一本もなく、東京熱海間にさえ、一日一往復か二往復のバスしか走っていない。

しかし、遅まきながら、日本の国道も近代的なものになってゆく目安は立ってきているし、それが当然のことだ。既に具体的になりつつある名古屋神戸間の高速自動車道路が完成し、更に九州や東北や北陸地方に向って、道路が整備されてゆけば、東京大阪、東京福岡、東京青森というような、長距離バスが出現することは目に見えている。そして、実際はどうなるか分らないが、世界の常識から云えば、これは運賃の安い、気軽な庶民的な交通機関として、随一のものにならねばならぬはずである。

その時機がきても、「観光バス」という観念が抜け切らず、スピーカーの暴力に対する無神経さがあらたまらず、

「左に見える街道は今を昔の元禄時代、忠臣蔵で有名な、早野勘平あやまって、シシ打ちとめたと定九郎を殺害致せし、山崎街道でございまアース。」などとやられては、たまったものではない。

一体、小田急の今度出来たSE車（流線型の軽量特急）に乗ってみても、なおそう思うが、世界に出してそれ程ひけをとらないだけの近代的な乗り物が、世界の常識から見て大分前近代的な頭で、サービスということをはきちがえて運営されているところに、問題があるようである。沿道の古蹟の説明などというものは、求められた時に乗務員が答えるなり、パンフレットを作って配るなり、適当な、車内を静かに保って行ける方法が他にあるはずで、スピーカーの一つ覚えは、どう考えても暴力サービスというより仕方がない。

無論、それを喜んでいる乗客が案外大勢いることにも原因はある。しかし、思い上られても困るが、乗務員はもう少し権威を持って、他人迷惑な馬鹿騒ぎを喜ぶ客を逆に訓練するだけの立場に立ってもいいのだ。その点、日航のスチュワーデスの態度としつけとは、見習っていいだろう。飛行機は国際的な性格が強いから、いやでも万事世界的な水準に立たざるを得ず、今日までに、会社の方で努力して、客の機内での作法を大体教え込んでしまったような趣きがある。バスの旅客が帰りは飛行機でというような段階にはまだ大分間があるから、それとこれとを同一には論じられないが、参考にならないことではあるまい。

もっとも、ついでだから書くと、日航の国際線のスチュワーデスが、飛行中一度は和服に着更えてサービスに出て来るのは、外客誘致の苦肉の策とは云え、そろそろ止めにしてもいいのではないか。彼女たちは、更衣室が無いから便所の中で着更えるのである。飛行機の便所は水洗ではない。折角の「キモノ」だが、着つけはうまく行っていないし、もしかすると裾に汚物でも着いていそうで、いたましい。

話がそれたが、本当のいわゆる観光バスはそれでいいとして、長距離バスについては、道路の整備が進み、路線が伸びるに伴って、「観光バス」という観念から早く脱皮して、近代的な交通機関に成長してもらいたいと、私は思うのである。

（昭和三十二年八月）

埃の日本・騒音の日本

私に与えられたのは「外国旅行から振り返って日本の観光事業に望むこと」という題であるが、振り返っても振り返らなくても、私には、平素から繰り返し云いたいことが二つあるので、それを書かせて欲しい。

第一に道路である。敗戦後十二年で、工業生産に世界一を誇る物を二つも三つも持っているような国で、こんな無茶苦茶な道路網をしいて「観光にいらっしゃい」等と云っている所は、世界中どこにもない。大型トラックによる貨物輸送を初めとして、自動車の交通量だけはむやみに増えて、誰かが書いていたが、全く、トロッコのレールの上に特急を走らせているような有様である。私などが云うまでもなく、道路の整備は、埃のない早い気持のいい自動車旅行をもたらすだけではない、車のいたみ方からガソリンやオイルの消費量、旅行者の靴や衣服の汚れ、損耗、衛生問題にいたるまで、連鎖反応的に莫大な利益をもたらすことは目に見えている。旅人などという者は、どんな珍しい目に逢わされても、それなりにあとでは楽しい思い出にするもので、日本に来て、胃の腑のひっくり返りそうな、埃まみれのバス旅行をして、面白かったヨという物好きな観光客もいるかもしれないが、イランの砂漠や、アフリカの奥地の探険と同じような楽しみ方をしてもらうつもりでないのなら、名古屋神戸間のターンパイク式の有料道路建設を誘い水として、急速且つ徹底的な、全国的な道路整備を計画して欲しい。もとより観光事業のためばかりのわけはない。皆で道路公団の真剣な努力を待望し且つ声援したい。

国鉄の新線建設は、国家的な見地からそろそろ道路建設にその費用をゆずるべきである。私は汽車好きではあるが、世界的に、飛行機と自動車による交通が鉄道輸送にとって代ろうとして、既設の鉄道線路が次々に撤廃されている国が多い時、赤字を覚悟の山間僻地の新線建設は、それぞれの理由はあっても、大局的には時代錯誤である。代議士諸公も、選挙運動のためにするなら、鉄道を敷くことより、もう、道路整備を看板にして地元民を啓発して票をかせぐだけのセンスを持ってもらいたい。

第二は、全国津々浦々に行き渡っているスピーカーの暴力である。これも世界に珍しい現象で、物珍しさと滑稽感以外には、日本の観光事業にとって完全なマイナスであろう。道路整備の方は、われわれが期待と腹立ちとからとやかく云っても、さてどうしたらそれが早く、うまくできるか、なかなかむずかしい問題であるが、スピーカーの声の暴力は、誰か政府当局者で本気になってくれる人があったら、割合簡単に解決できる事柄だと思う。音量いくらまでなどと手ぬるいことを云わずに、銀座街上の放送塔の広告放送から、温泉場のパチンコ屋のレコード放送のスピーカーまで、完全に禁止してしまうことである。町はどれだけ静かに爽かになるか、想像して欲しい。遊覧船のスピーカー、バスのスピーカー、土産物屋のスピーカー、現状はまるで無茶で、そういう騒音に不感症な人、そういう騒音が楽しい人もあろうが、静かに景色を見ていたい人、物を考えたい人、本を読んでいる人、すべての人がいやでも耳のおつき合いをしなくてはならぬところが、暴力である所以である。もしああいう環境の中に常時住まなくてはならぬとしたら、一種の地獄ではないか。そうでなくても日本は、人間が多くて騒々しい国である。国を静かにする道をよく考えてもらいたい。

先日、伊豆の熱川から伊東までバスに乗ったら、一時間ほどの間、女車掌は、歴史物語をやる、歌を唱う、沿道の説明をやる、しゃべりつづけて、誰が作ったのか悪文の標本のような美文調の文句に、奇妙なアクセントをつけて、たまったものではなかった。折角の伊豆の海岸の美しい風景は、耳に栓でもして置かなくてはゆっくり楽しめないのである。

東横線の急行電車に乗って御覧になるがよい。やっぱり車掌はしゃべり続けで、「次は菊名、次は菊名、次は菊名でございます。何々方面へおいでの方とは次でお別れでございます。」などとやっている。二つの大都会を結ぶ所要時間三十四分の急行電車に、乗換駅が来たからといって、「お別れでございます」と云って、「蛍の光」でも放送しかねない、その馬鹿々々しさ。

あれもこれも、サービスということを完全にはきちがえ、センチメンタルな情緒とお話の押売りで人の頭をうつろにさせ、人の気分をいらだたせ、音の暴力を鈍刀の如く振るっていることには全然気がつかないらしい。サービスというものは、もっと実質的な役に立つものであるべきはずである。

悪路の日本、埃の日本、騒音の日本を早く無くすことが、私の観光事業への願いである。

（昭和三十二年四月）

あとがき

この本の中で、「鉄道研修会」一つだけが、モデルはあるけど、作り話で、あとは、忠実に事実に則して書いたと自分では思っている報告文や随筆です。ただ、列車事情は日に月に変って行くので、書いた時から多少の年月が経つと、もう事実と相違している箇所が出て来ます。それはどうかお許し下さい。今年の初めに発表した「ビジネス特急の走る日」という、架空の車内アナウンスの一文では、私はこの電車の番号を三〇一、三〇二、三〇三、三〇四電車という風に決め(デタラメに決めたわけではありません。ちゃんと理由はある)、特急の愛称は「はやぶさ」として書きましたが、最近、国鉄の方で一〇一、一〇二、一〇三、一〇四と電車番号を決め、愛称も「こだま」と決定したので、本の中ではそのように直しました。ところが更に、最々近、一日二往復のビジネス特急のうち、一本は神戸まで延長運転されるらしいという情報が入り、架空アナウンスですから、そこまでは訂正しませんでしたが、過去のことにしても将来のことにしても、ざっとそういう具合です。

鉄道に関係の薄い紀行文の類も、数篇収めました。そのため、本としては、多少貨客混合列車の趣を生じたかも知れません。

実は、こんな本が出ることになろうとは、私は全く夢想もしていませんでした。この本は、中央公論社出版部の宮脇俊三さんという、奇特な汽車気違いのお蔭で陽の目を見ることになったので、私にとっては思いがけぬ臨時電車を出して貰ったようなもので、感謝しています。それから、この本に収めたものの半数以上について、執筆の機会を与えられた『旅』編集部の岡田喜秋さんと、「お早く御乗車」下さった奇特な汽車好きの読者の皆さんにも、敬意を表します。

昭和三十三年七月十日

阿川弘之

よき時代の面影

関川夏央

『お早く御乗車ねがいます』は、一九五二年三月から一九五八年五月までに書かれた原稿十九本を集め、一九五八年七月に中央公論社から刊行された。昭和でいえば、その二十七年から三十三年まで、阿川弘之の三十一歳から三十七歳にあたる。国鉄は若く、日本は若く、著者も若かった。

著者は、ＥＦ58の運転室に乗った。Ｄ52の機関室にも乗った。寝台急行「銀河」の専務車掌にもなった。どれも汽車好きの男の子には夢のようなお話である。

ＥＦ58は急行列車用の電気機関車で、スタイルといい彩色といい、見るからに速そうだった。それまでの電気機関車、たとえば前後にデッキをつけた四角いチョコレート色のＥＦ11の愚直さも捨てがたかったが、それとはまったく別種だった。

昭和三十年代初め頃、幼い私は、風を裂いて疾駆するＥＦ58に牽引された急行列車で、東京の「世田谷」というところにいる「生みの母」のもとへ帰るというファンタジーを抱いていた。それは、自分の生まれた環境への失望が無意識に生んだものである。

しかしまた、御殿場線の急坂を全力で登るD52の機関室のイメージも私の心に響く。もうもうたる煙の中、窒息寸前になりながら働く運転士たちは、「労働」という言葉の好ましい実体化のようだ。

「銀河」の車掌となって夜をつらぬいて走り、朝近く乗客に「大阪から紀勢西線への連絡」（紀勢西線と東線はまだつながっていない）を尋ねられるなど、想像するだけでうっとりする。

阿川弘之は一九五五年末から一年間、ロックフェラー財団の留学生として渡米した。日本の汽車好きは、一般に国鉄（JR）を偏愛して「ナショナリスト」化しがちなのだが阿川弘之にそれがないのは、汽車を愛しても鉄道雑知識の収集には興味がないからだろう。すなわち「オタク」にはなり得ぬというもともとの性格のほか、アメリカ留学時代からどこの汽車であろうと差別せず、とにかく「乗ってみたい」タイプだからでもあると思う。そのセンスはのちに、マダガスカルでも機関車に乗せてもらった経験を含んだ世界各地の汽車旅行記『南蛮阿房列車』に結実する。

阿川弘之の留学中にも戦後日本の国鉄は前進しつづける。

五六年には東海道線の全線電化がなり、東京・大阪間を七時間半で結ぶ。その急行列車を牽引したのはＥＦ58である。このとき日本人は、東京・大阪間最短八時間という二十年来の常識から解放された。

いいかえれば、戦前国鉄の水準は私たちの想像以上に高かった。戦後国鉄の目標は、一般の日本人とおなじように戦前水準への回復と凌駕であった。

「時刻表」を「読む」という趣味が、都会の男の子に発見されたのも戦前である。

一九三四年、丹那トンネルの開通で、急坂の御殿場線が東海道線からはずれた。超特急「つばめ」が電機と蒸機を途中で付け換えながら、東京・大阪間を八時間で走ったのはこのときである。国鉄「黄金時代」開始とほとんど連動して「時刻表」を愛読しはじめたのが、当時満七歳であった宮脇俊三の世代であった。

長じて宮脇俊三は中央公論社に入社、五八年夏、三十一歳のとき、阿川弘之の『お早く御乗車ねがいます』を編集することになる。彼が退社後、鉄道紀行文学の書き手となるのはずっとのち、七八年のことである。

汽車好き二代の共同作業となった『お早く御乗車ねがいます』刊行の直後の五八年秋、東海道線を電車特急「こだま」が走りはじめ、東京・大阪間は六時間五十分に短縮される。朝の第一「こだま」で東京を出て、夕方の第四「こだま」で大阪から帰る予定を立てれば、大阪には二時間四十分滞在して「ビジネス」ができる、つまり日帰りが可能、と国鉄は宣伝した。

一九五七年、松本清張は鉄道を縦横に使った『点と線』を雑誌「旅」に連載した。翌年単行本を刊行すると、たちまちベストセラーとなった。

中央官庁の汚職事件にからんだ殺人事件が九州で起る。犯人は東京発博多行きの寝台特急「あさかぜ」と、混雑する東京駅のプラットホームを巧妙に利用する。

五七年一月、東京駅の異常なあわただしさについて阿川弘之は書いている。

「中央線や京浜東北線のいわゆる国電と、荷物専用列車の発着とは別にして」「湘南電車と横須賀線とをふくめた東京駅の一日の列車発着数は約二百五十本で、朝四時五十五分大阪から到着する普通列車を皮切りに、夜十一時五十二分発の横須賀線の終電車まで、大ざっぱに云って約四分半に一本の割で列車が出入りしている」(「日米汽車くらべ」）

そんな東京駅の、もっとも繁忙な時間帯であるはずの夕方、午後五時五十七分の電車が発車して、次の列車が入線してくる六時一分までの四分間だけ、横須賀線ホームから隣りの長距離列車発着ホームにいる「はやぶさ」が、ほとんど奇跡のように見とおせる。『点と線』の犯人は、愛読する「時刻表」でそれを割り出し、複数の第三者に目撃させるのである。

「時刻表」の読者について阿川弘之は五四年十一月、つぎのように書いている。「時刻表」投書欄からの取材である。

「福岡のある役所に勤めている人は、中学一年の時からこの時刻表を、毎月欠かさず購読しているといい、全国の急行列車以上はほとんど諳記《あんき》していて、夜も枕頭に時刻表を備え、眼が覚めると時計を見て「ああ、今十一時二十二分だな。そうすると、急行『げんかい』は今、下りは岡山の手前を走っており、上りは厚狭《あさ》に停車中だ。」そういうことを考えて独りで楽しんでいる」（「時刻表を読む楽しみ」）

『点と線』の容疑者の妻、というより一連の事件の「マスターマインド」である女性は、重篤な肺結核で療養中という設定だが、文芸趣味と「時刻表」解読を結びつけ、病床のたのしみとしている。

たとえば、十三時三十六分という昼下がりの穏やかなある一瞬を思いながら、彼女は時刻表を繰る。

越後線の関屋駅には第一二二普通列車が停車している。同刻、鹿児島本線阿久根駅には一三九列車が、高山本線飛驒宮田駅には八一五列車が入っている。飯田駅、北能代駅、王寺駅、全国の駅に愚直な列車たちはたたずみ、人々は「それぞれの人生を追って降りたり乗ったりしている」(『点と線』)。そういう営みを想像するとき、病んだ彼女の心は束の間広がり、癒される。

松本清張が阿川弘之の原稿を読んで発想したかどうかはわからない。しかし、戦後十年あまりを経たこの時期、時刻表に「同日同刻」の物語を思い、そこに「旅情」を感じる心の動きは、経済成長を実感するに日本人に同時に共有された。そして、戦前の日本人とともにあった「旅情」が再発見された。そう考えることができる。

昭和戦前の時刻表には「欧亜連絡」のページがある。

たとえば水曜午後三時ちょうど東京駅発の特別急行「富士」に乗ると、木曜午前九時半に下関に着く。下関からの関釜連絡船は一時間後に出航、夕刻釜山着。釜山発の急行列車は金曜の午後奉天に着き、その日の夜、ハルビン行きに連絡する。ハルビンからは日曜朝の満洲里行きに乗り、月曜の午後、満洲里でシベリア鉄道に乗り換える。この列車はえんえん走って、東京を出て十三日目の翌々週月曜の夕方モスクワに着く。さらに乗り継いで水曜朝ベルリン着、パリには木曜日早朝の到着である。都合十六日間を要しはするものの、東京駅はたしかにパリ北駅とつながっていたのである。よき時代であった。

より贅沢な欧州行は海路だった。日本郵船の一万一千トン級の客船九隻が、インド洋、スエズ運河まわりでヨーロッパと結んでいた。

神戸からマルセイユまで三十九日、ロンドンまでなら四十七日かかった。料金は一等船室が百ポンド（邦貨千円）、シベリア経由のざっと三倍である。昭和十年前後の千円には、現在の二百五十万円程度の購買力があっただろう。

『お早く御乗車ねがいます』には、その船の旅も出てくる。外国に行くわけではない。北米航路の帰り船に、国内航行分だけ乗せてもらうのである。東京から名古屋まで二十六時間かかるような過剰なまでにのんびりした旅だが、三十そこそこの阿川先生は気が長いのである。

この本には汽車好きの本にありがちな「党派性」がまったくない。「移動」という視点から時代の空気を軽妙かつ忠実に映し出したこの本こそ、戦後史研究に活用されてしかるべきだろう。

それにしても、とあらためて思う。作家は若く、時代は若かった。そして日本も若かった。

（せきかわ・なつお　作家）

『お早く御乗車ねがいます』一九五八年七月　中央公論社刊

中公文庫

お早《はや》く御乗車《ごじょうしゃ》ねがいます

2011年9月25日　初版発行

著　者　阿川《あがわ》弘之《ひろゆき》

発行者　小林敬和

発行所　中央公論新社
〒104-8320　東京都中央区京橋2-8-7
電話　販売 03-3563-1431　編集 03-3563-3692
URL http://www.chuko.co.jp/

DTP　柳田麻里
印　刷　三晃印刷
製　本　小泉製本

Published by CHUOKORON-SHINSHA, INC.
Printed in Japan　ISBN978-4-12-205537-7 C1195

定価はカバーに表示してあります。
落丁本・乱丁本はお手数ですが小社販売部宛お送り下さい。
送料小社負担にてお取り替えいたします。

各書目の下段の数字はＩＳＢＮコードです。978－4－12が省略してあります。

中公文庫既刊より

あ-13-3　高松宮と海軍　阿川弘之

「高松宮日記」の発見から刊行までの劇的な経過を明かし、第一級資料のみが持つ迫力を伝える。時代と背景を解説する「海軍を語る」を併録。

203391-7

う-9-4　御馳走帖　内田百閒

朝はミルク、昼はもり蕎麦、夜は山海の珍味に舌鼓をうつ百閒先生の、窮乏時代から知友との会食まで食味の楽しみを綴った名随筆。〈解説〉平山三郎

202693-3

う-9-5　ノラや　内田百閒

ある日行方知れずになった野良猫の子ノラと居つきながらも病死したクルツ。二匹の愛猫にまつわる愛情と機知とに満ちた連作14篇。〈解説〉平山三郎

202784-8

う-9-6　一病息災　内田百閒

持病の発作に恐々としつつも医者の目を盗み麦酒をがぶがぶ……。ご存知百閒先生が、己の病、身体、健康について飄々と綴った随筆を集成したアンソロジー。

204220-9

う-9-7　東京焼盡《しょうじん》　内田百閒

空襲に明け暮れる太平洋戦争末期の日々を、文学の目と現実の目をないまぜつつ綴る日録。詩精神あふれる稀有の東京空襲体験記。

204340-4

う-9-8　恋日記　内田百閒

後に妻となる、親友の妹・清子への恋慕を吐露した恋日記。十六歳の年に書き始められた幻の「恋日記」第一帖ほか、鮮烈で野心的な青年百閒の文学的出発点。

204890-4

う-9-9　恋文　内田百閒

恋の結果は詩になることもありませう――百閒青年が後に妻となる清子に宛てた書簡集。家の反対にも屈せず結婚に至るまでの情熱溢れる恋文五十通。〈解説〉東　直子

204941-3